藍小說 ⑨②④

村上春樹作品集

象工場的 HAPPY END

村上春樹·文　安西水丸·圖　張致斌·譯

LION &
PELICAN

CHICAGO
BLACK

AIR RAIL

PROOF

象工場的HAPPY END

目次

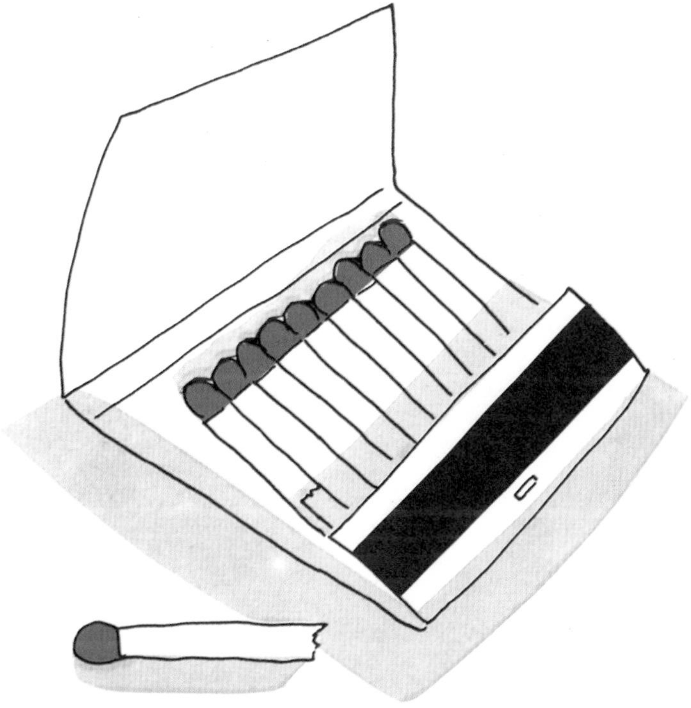

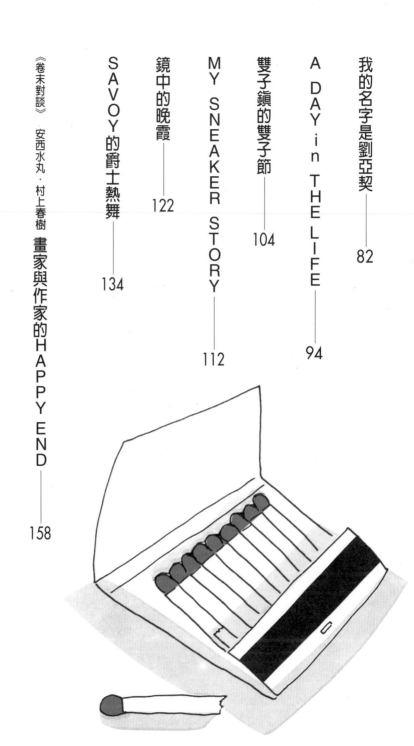

CUTTY SARK本身的廣告

CUTTY SARK
CUTTY SARK
在口中不斷這麼反覆著的時候
從某一瞬間開始
只覺得彷彿就已變得
不再是那CUTTY SARK
已非那裝在綠色瓶子裡的
英國威士忌
喪失了實體

只剩下原本所謂CUTTY SARK的
形狀有如夢的尾巴
單純的名詞聲響而已
在這種單純的名詞聲響中加入冰塊後飲用
非常香醇喲

NY
KING
EDWARD
CIGARS

Distilled and Bottled
under Brittsh
CUTTYSA
BENDED
SCOTS WHISK
BERRY BRO'S RUD

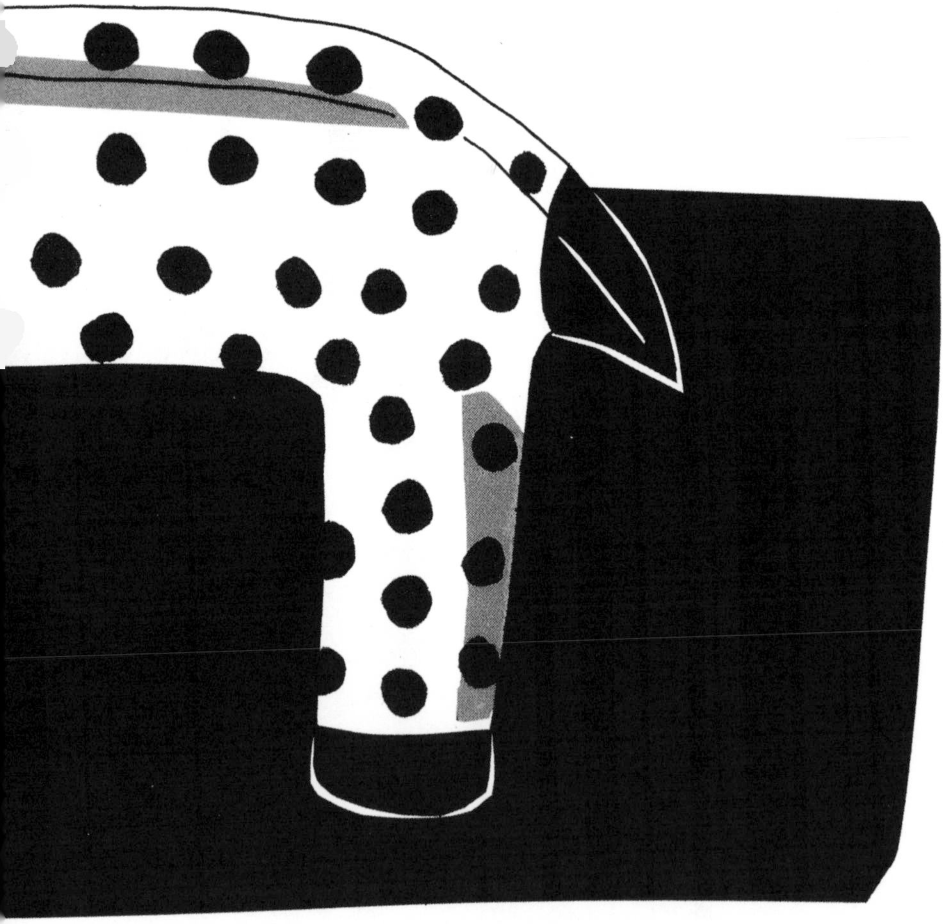

聖誕節

生平第一次購買音響時，隨著機器還附贈了一張平克勞斯貝（Bing Crosby）的聖誕歌曲唱片。這麼說來，那是在聖誕的季節囉。若是在夏季購買音響的話，理應不會附贈平克勞斯貝的聖誕歌曲唱片才對。

那是張收錄有《White Christmas》、《Jingle Bells》、《Ave Maria》、和《Silent Night》等四首歌曲的小唱片。只要有了這些，就可以過個相當正點的聖誕節了。畢竟那已經是二十多年前的事了，聖誕歌曲有個四首便已綽綽有餘。更何況這些還是由平克勞斯貝所演唱，應該已經沒有什麼好奢求的了。

一九六〇年的十二月，我們是非常單純非常幸福快樂，非常中產階級的。而平克勞斯貝則不斷不斷不斷不斷不斷不斷不斷在唱著《White Christmas》。

BRANDY

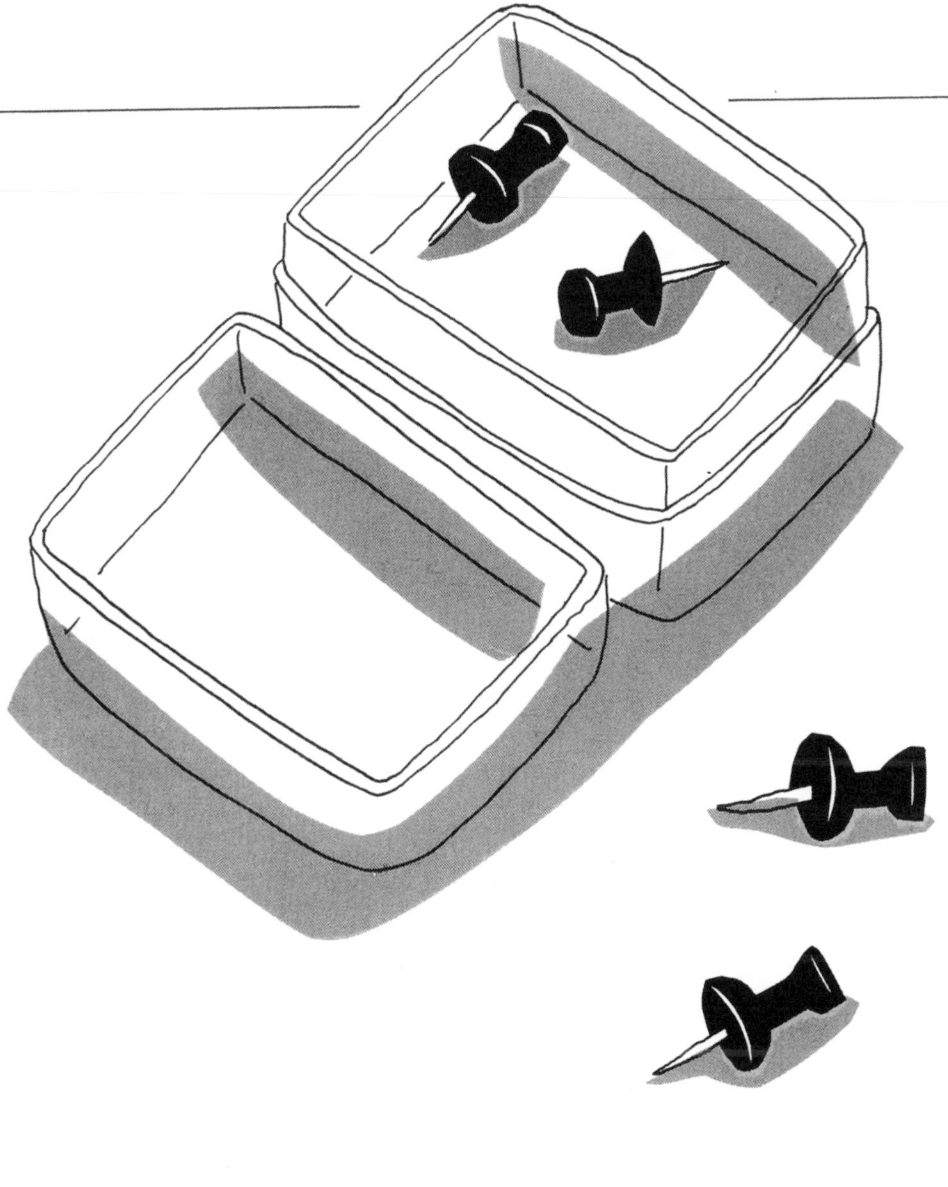

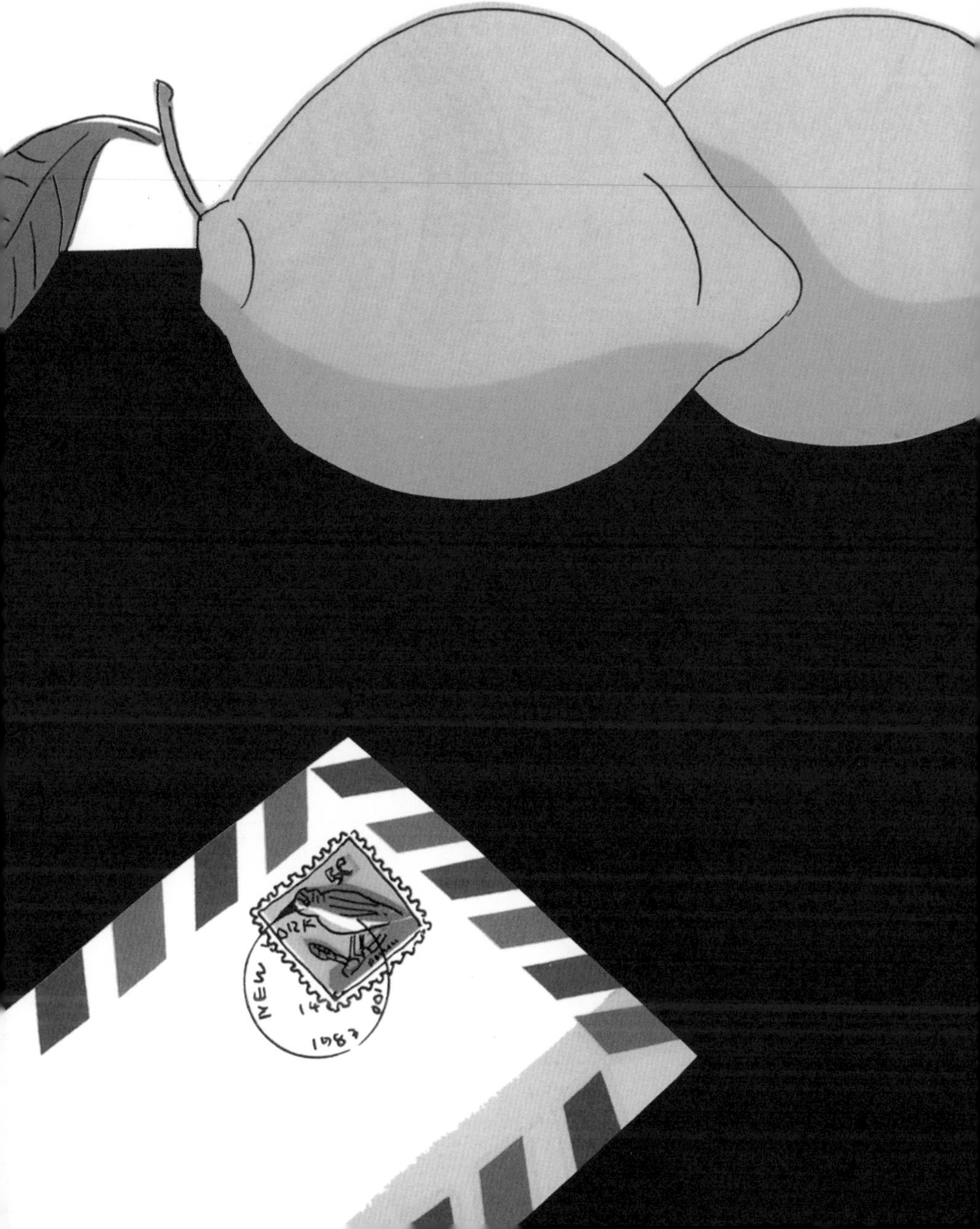
NEW

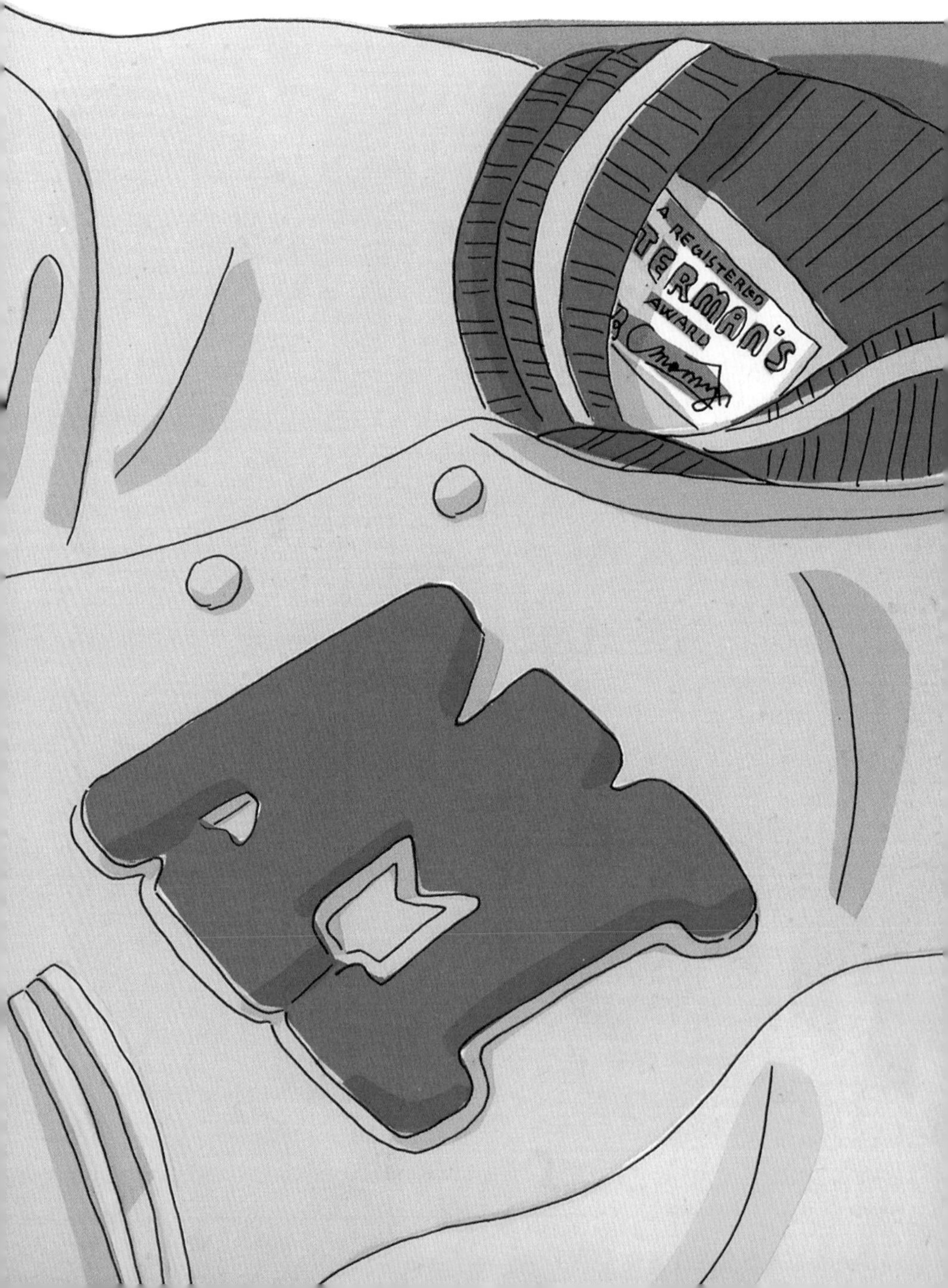
A REGISTERED
TERMAN'S
AWARD

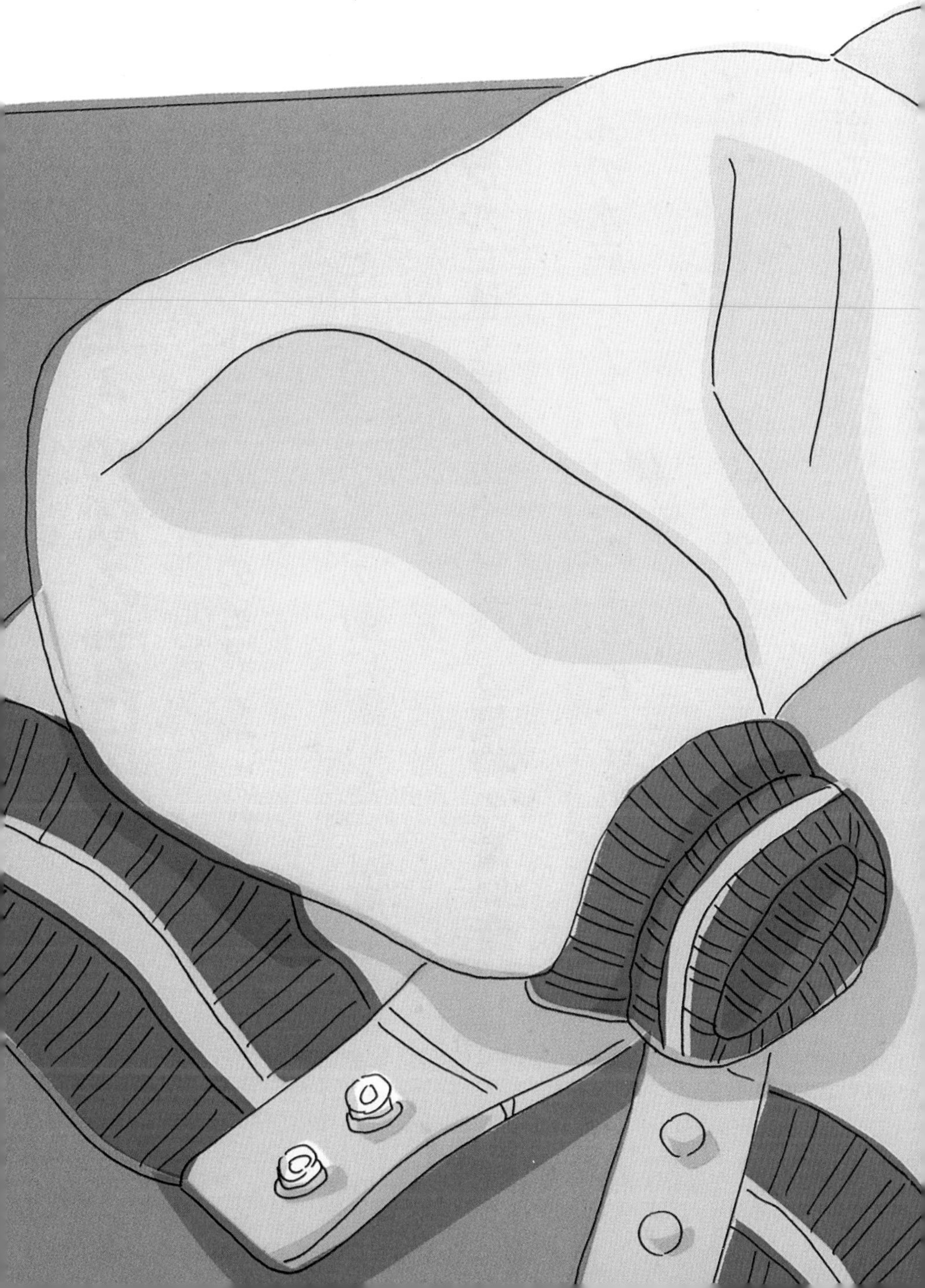

一種喝咖啡的方法

那個午後，店裡正播放著溫頓．凱利(Wynton Kelly)的鋼琴曲。女服務生將白色咖啡杯放在我的面前。那是個略為厚而且重的杯子，放到桌上時發出「喀噠」的悅耳聲音。就像是掉入游泳池底的小石頭一樣，那聲音一直殘留在我的耳中。我十六歲，外面正下著雨。

由於是港都的緣故，南風總帶著海的味道。遊覽船每天都會繞行港口許多回，而我也曾多次搭乘，從船上眺望大型客輪及船塢的風光，百看不厭。即使是在下雨的日子，我們仍會站在甲板上，任憑雨水將我們淋得溼答答的。在港口附近，有間只有吧台和一張桌子的小咖啡店，裝在天花板上的喇叭播放著爵士樂。一閉上眼睛，就會有種彷彿自己是個被關在漆黑房間裡的小孩子般的感覺。在那裡，總有著咖啡杯那親密的溫暖，以及少女們的幽香。

如今回想起來，當時真正吸引我的，與其說是咖啡本身的氣味，或許不如說是咖啡的某種風景也不一定。在我面前，有一面思春期特有的、閃閃發光的鏡子，鏡子裡清楚地映照出我喝咖啡的身影。而在我的身後，則有一塊被截成長方形的小風景。咖啡有如暗夜般漆黑，又有如爵士樂般溫暖。當我將那小小的世界一飲而盡時，風景為我祝福。

而且，那也是一個小鎮少年逐漸長大成人時所拍攝的私密紀念照。看這邊，右手輕輕端著咖啡杯，收下巴，笑得自然一點……要照囉，喀擦。

曾經在某處看過理察．布萊第根(Richard Brautigan)這麼寫道：「有些時候，人生只不過是一杯咖啡所帶來的溫暖的問題而已。」在與咖啡有關的文章中，我最喜歡的就是這一句。

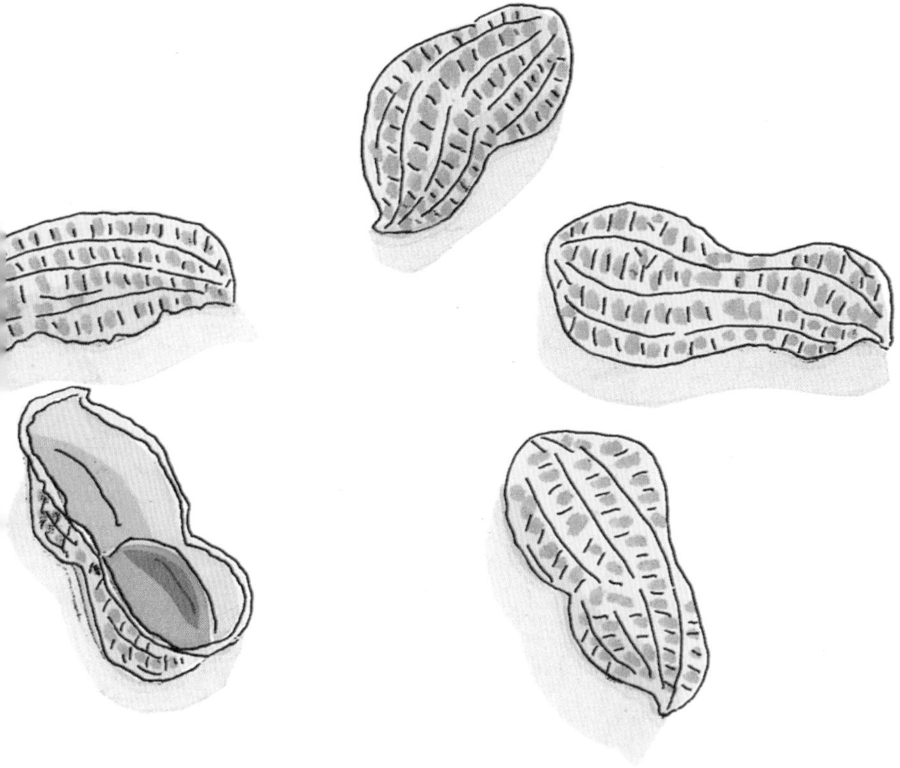

THIS'LL
BANG
I CAN SEE
LIMITED COLLECTORS' EDITION
JOHNY SCORN

THRT: MONTHS AGO DADDY RECEIVED A CARD SIGNED THE HIS SECRET TEL BOOMAABHID?
THEY PROBABLY HAVR YOUR THIS LOOKS LIKE FG
AND INTHE FAULTESS.
THE GHA STIL OH
IF I JAST INC MY SPED MAN TH GETS ~
AND ONCE AGAIN THE FLASH IS ON HIS WAY WISH THE SPPED OF
JAY... HE GON AG. FII~
THAT. WINI WIIN ~
WAHAA. THAT WIND SJSA
THRE THE CAR NOW TU ...... LOW
COP
FOES!
POL

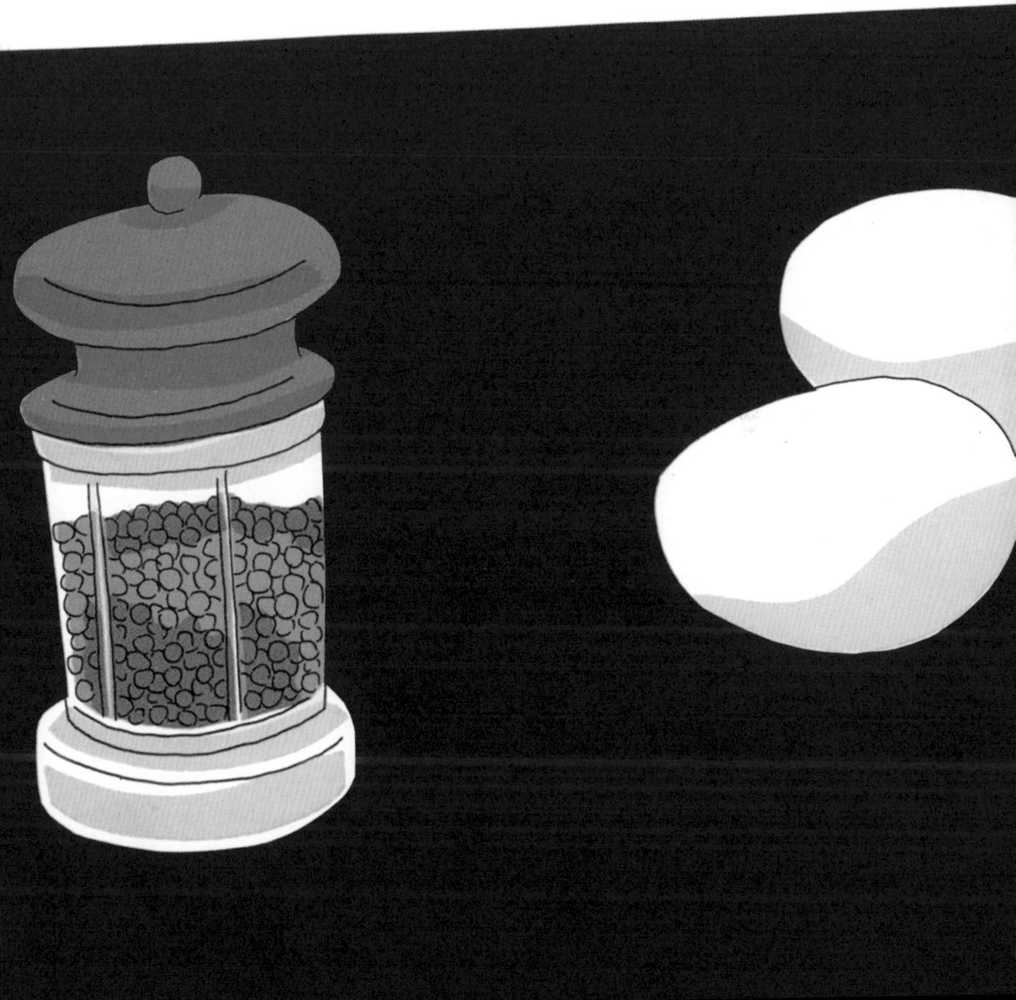

ola
D REFRESHING

TION
CY
DRINK
DRIN
Coca
DELI

閱讀約翰・歐普戴克的最佳場所

一到春天，就讓我想起約翰・歐普戴克（John Hoyer Updike）。閱讀約翰・歐普戴克，就讓我想到了一九六八年的春天。我們的腦袋裡存在著許多個像這樣的連鎖反應。雖然都是些微不足道的小事，可是我卻覺得，我們的人生與世界觀，也許正是由這種「微不足道的小事」所構成的。

一九六八年春天，我爲了念大學而前往東京。由於我討厭攜帶大件的行李，所以必需品都已先行寄送，只在外套口袋裡揣了香菸、打火機，以及約翰・歐普戴克的《Music School》便離開家門。好像是BANTAM還是DELL出版的平裝版本，封面設計的感覺很好，清爽而具有古風。和女朋友一起去吃個飯，道別，然後便坐上了新幹線。

口袋裡揣著一本歐普戴克便動身前往東京，這種做法如今回想起來或許過於托大，但這就不必再提了。天黑之前到了東京，前往位於目白的新居一看，早該送到的行李不知什麼緣故仍然不見蹤影。既沒有換洗衣物，也沒有盥洗用具、菸灰缸、棉被、咖啡杯，和燒水的茶壺。這種處境還眞是淒慘。只要行事過於托大，就一定會栽個跟頭。

房間裡空蕩蕩的。一張只有一個抽屜、非常克難的書桌，還有一張非常克難的鐵床，僅此而已。床上墊著一塊看起來就讓人心情沉重的床墊。我坐上去試試，只覺得就像是一個星期以前買的法國麵包一樣硬。

那是個多雲而安靜的春日黃昏。打開窗戶，遠處傳來收音機的音樂聲，正在播放的是「IRON BUTTERFLY」的《IN A Gadda-Da-Vida》。雖說已經是十四年以前的事了，但我確實是連細節都還記得很清楚。

眼前沒有什麼事要做，也提不起勁去做什麼。百般無奈之下，我去附近的糕餅舖買了可口可樂（當然是瓶裝的喲。請想像一下玻璃瓶）和餅乾回來，躺在硬梆梆的床墊上，繼續讀歐普戴克的剩下部分。太陽逐漸西沉，屋子裡暗了下來，於是我打開天花板上的日光燈。有一根日光燈管不斷發出嘰哩嘰哩的聲音。

到了八點半歐普戴克讀完的時候，可口可樂瓶底只積了五公分左右的菸屁股。我把書放在枕邊，望著天花板有一個小時之久。在這個大都會中，我沒有棉被，沒有刮鬍刀，沒有可以打電話的對象，也沒有應該去的地方，一個人孤零零地被遺棄在這裡。不過，這種感覺還不錯。

如果要問我最適合閱讀的場所是哪裡的話，我的回答一定是「一九六八年四月，那個空蕩蕩的房間裡，硬梆梆床墊上」。能夠讓書中的字字句句都踏踏實實溶入心中的場所——對我而言那就是「書房」了。若是有Eames的休閒椅、Mobilia的燈光，配上AR喇叭靜靜流瀉出泰雷曼

（Georg Philipp Telemann）的話也不錯。只不過「那又另當別論」了。我認爲，要閱讀約翰・歐普戴克，就必定有閱讀約翰・歐普戴克的最佳場所，要閱讀約翰・契佛（John Cheever），則必定有閱讀約翰・契佛的最佳場所才對。

「在前往哈佛的前兩天晚上，他奪去了她的處女。她哭了。而他也只覺得全身無力，認為自己做下了蠢事。因為他自己也失去了童子之身。奧森的頭腦很清楚。由於頭腦夠清楚，他知道自己還有很多事情必須去學習，而且在一定的程度之內，他也很樂意去學習。哈佛大學加工處理數以千計這樣的青年，然後以看起來幾乎毫髮無傷的狀況將他們送進社會。」

——約翰・歐普戴克〈基督徒室友們〉（短篇集《Music School》須山靜夫譯）

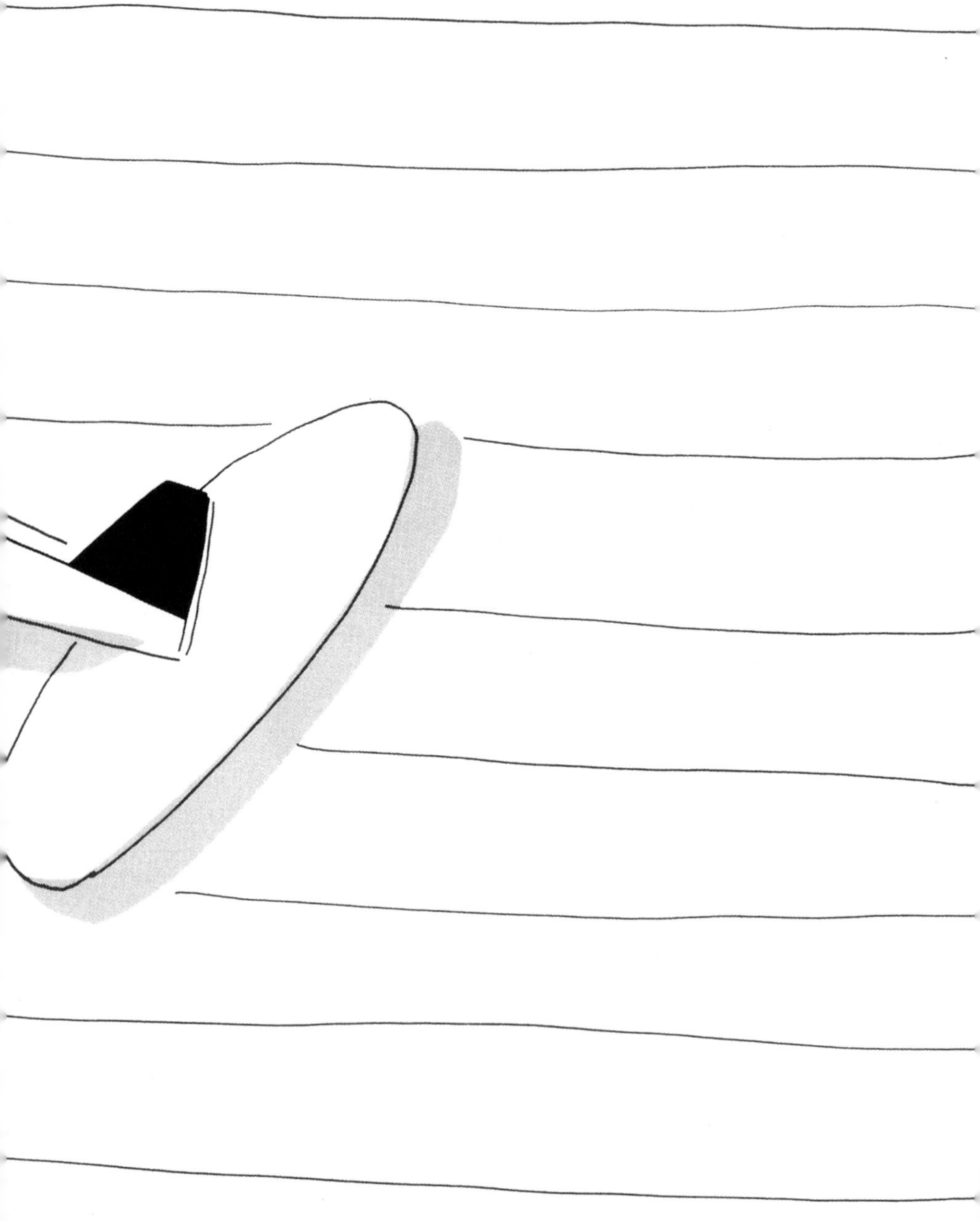

FUN・FUN・FUN

以上圖書館爲藉口
跟老爸借到了車
她便將一切拋在腦後
從漢堡店前面呼嘯而過
把收音機開得震天價響
以全速狂飆
盡情享樂
直到老爸將雷鳥收回去爲止

這是「海灘男孩」(The Beach Boys)一九六四年暢銷歌曲《FUN・FUN・FUN》的歌詞。在海灘男孩的多首暢銷歌曲中，我最喜歡的就是這一首。不但節奏和旋律充滿了歡樂，歌詞也非常正點。光是聽著歌詞，那種情景就會立刻浮現在眼前。一個綁著馬尾巴，開著一九六四年款紅色流線型雷鳥(Thunder Bird)的女孩。以上圖書館爲由向老爸騙到車之後，便得意洋洋地開去向大夥炫耀。女孩子個個都目瞪口呆地直盯著她。男孩子們則都立刻跳上車，展開了飛車追逐。可是沒有人追得上雷鳥。但就在這個時候被老爸發現，車子也被沒收了。她因此而難過得不得了。可是，對「我」來說，這卻是種值得高興的發展。也就是

如今妳認爲

歡樂已經無望了
但是妳可以和我在一起
即使沒有雷鳥
我們一定仍然能夠享有無邊的歡樂

這樣的發展。

一九六四年的雷鳥女郎，現在應該也已經年過三十五歲❶了吧。如今她到底過著什麼樣的生活呢？或許每天都在勤練珍．芳達的健身操（Jane Fonda's Routine Workout）；或許是住在《E.T.》中出現的那種新興住宅區，聽著巴瑞．曼尼洛（Barry Manilo）也不一定。時至今日，我仍然不時想到妳，還有那輛紅色的雷鳥喲。

❶ 根據村上一九八三年的版本推測，一九六四年的雷鳥女郎當時應已年過三十五。

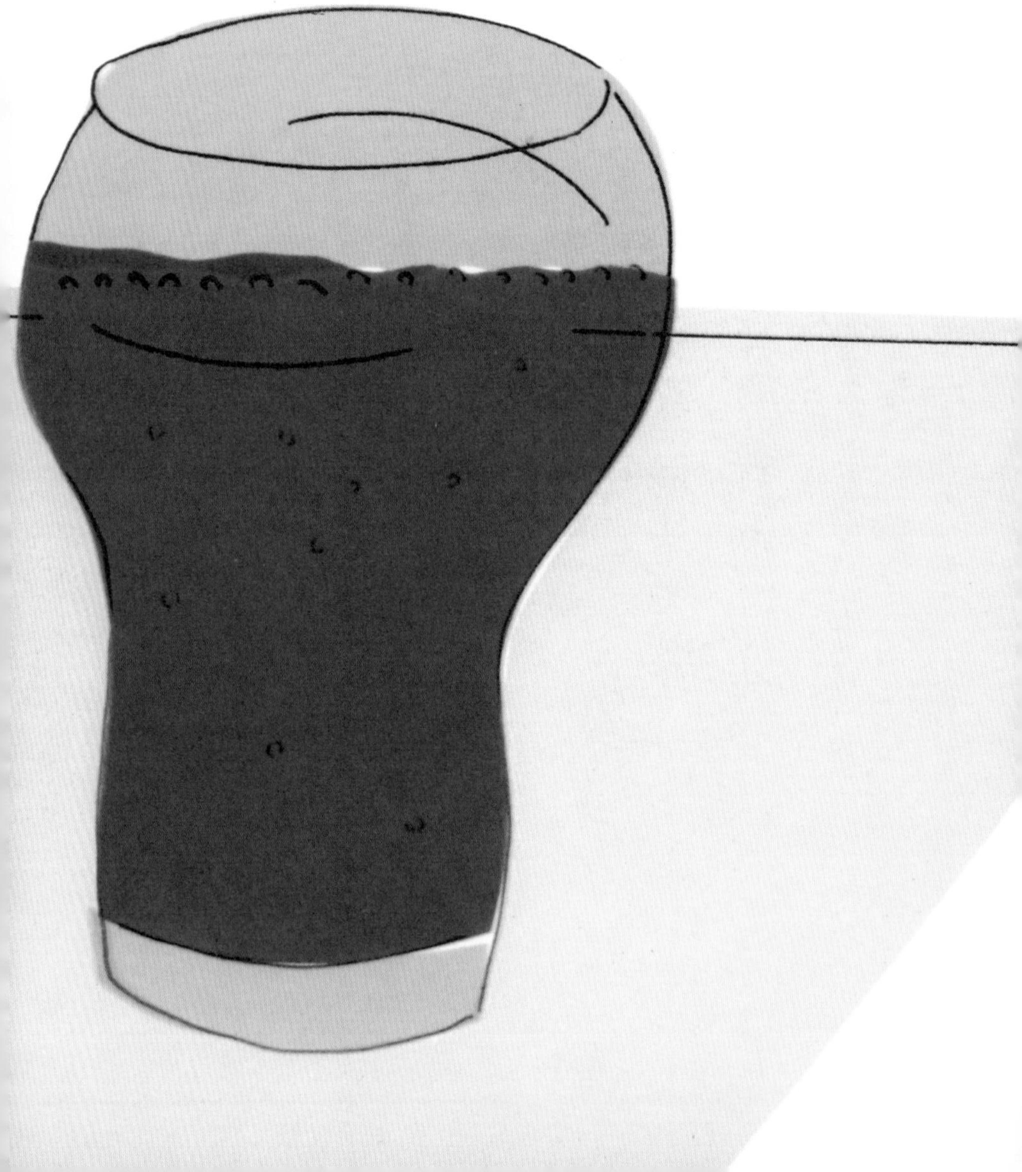

PARKER
Quink
ROYAL BLUE WASHABLE
PARKER

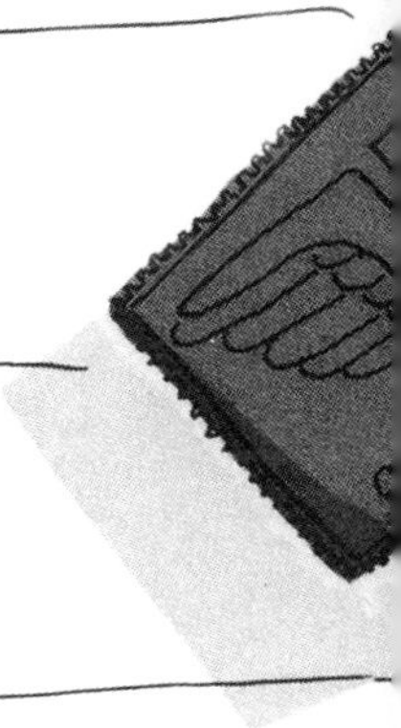

鋼筆

鋼筆屋位於大馬路上的第二個路口進去，那條古老商店街的中央地帶。門面是兩扇玻璃門，連個招牌也沒有，只有在門牌的旁邊寫著小小的「鋼筆舖」而已。那開閉狀況非常差的玻璃門，好像是從打開到完全關緊得花一個星期的東西。

當然，沒有介紹信可不行。不但得耗費相當的時間，價格也不便宜。不過啊，會為你量身打造出夢幻般的鋼筆，友人說。於是我就來了。

店主人年約六十歲，整個人的感覺就像隻棲息在森林深處的大鳥一般。

「請把手伸出來。」那隻鳥說。

他逐一測量我每一根手指的長度與粗細，確定皮膚的脂肪比例，又用縫衣針的針尖檢查指甲的硬度。然後又將我手上的各式大小傷疤都記錄在筆記本上。這麼做下來，我才發現手上的傷疤還真是形形色色。

「請把衣服脫掉。」他簡明扼要地說。

雖然不明就裡，我還是乖乖脫掉了襯衫。正要脫下長褲的時候，主人連忙制止了我。不必，上身就可以了。

他用手在我的背後遊走，用手指沿著脊椎從上而下按下去。「人這種動物啊，是靠一節節的脊椎骨來思考、寫字的喲。」他説道。「所以，我必須製造出能夠與當事人脊椎骨契合的鋼筆才行。」

接下來，他詢問我的年齡，問了我的出身，又問了每個月的收入多少。最後，他問我到底打算要用這支鋼筆來寫什麼東西。

三個月後，鋼筆製作完成了。一支有如夢幻般與身體完全契合的鋼筆。當然，並不能單靠這支筆就寫出如夢幻般的好文章。

如果是在那種可以買到如夢幻般與身體契合的文章的店裡，或許我就不只要脫掉長褲而已了。

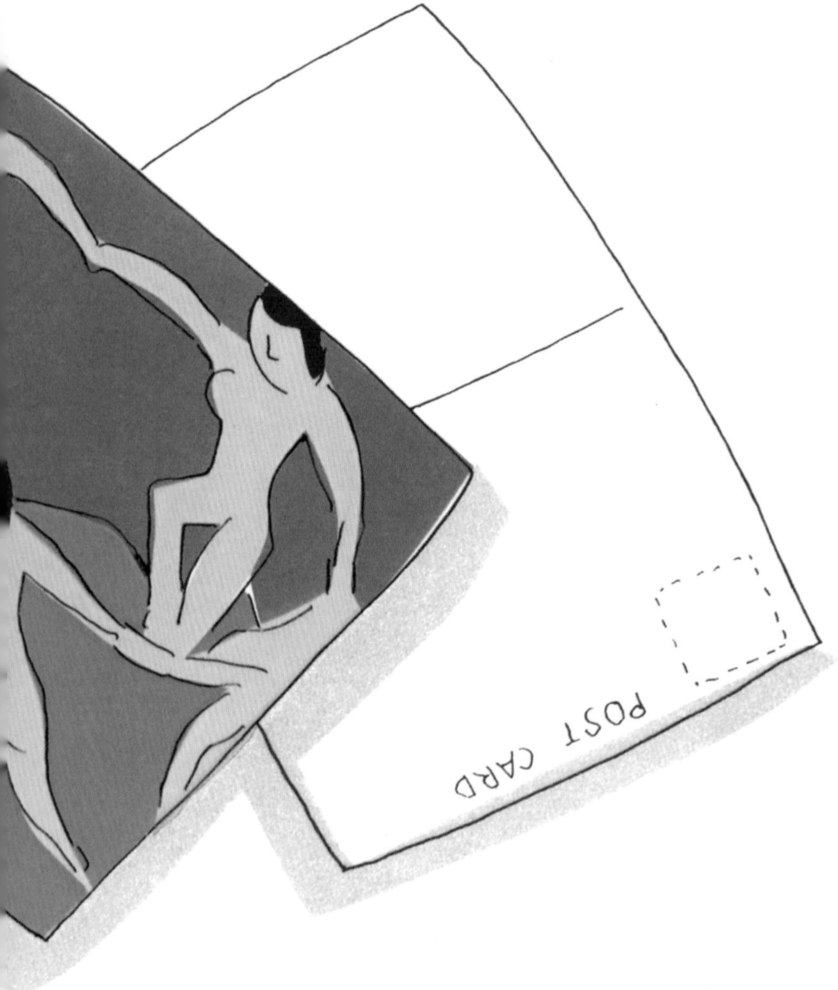
POST CARD

MAIL

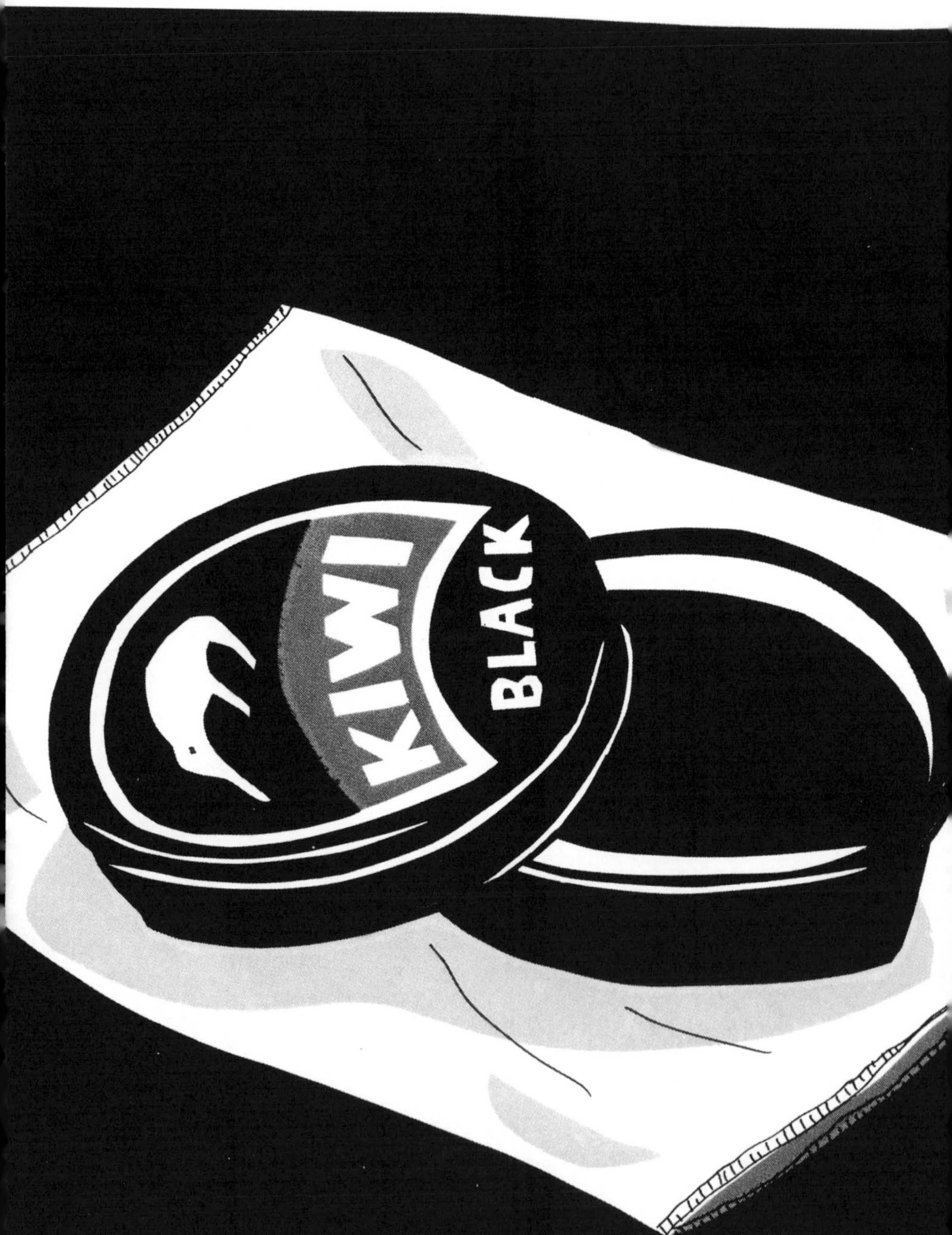
KIWI
BLACK

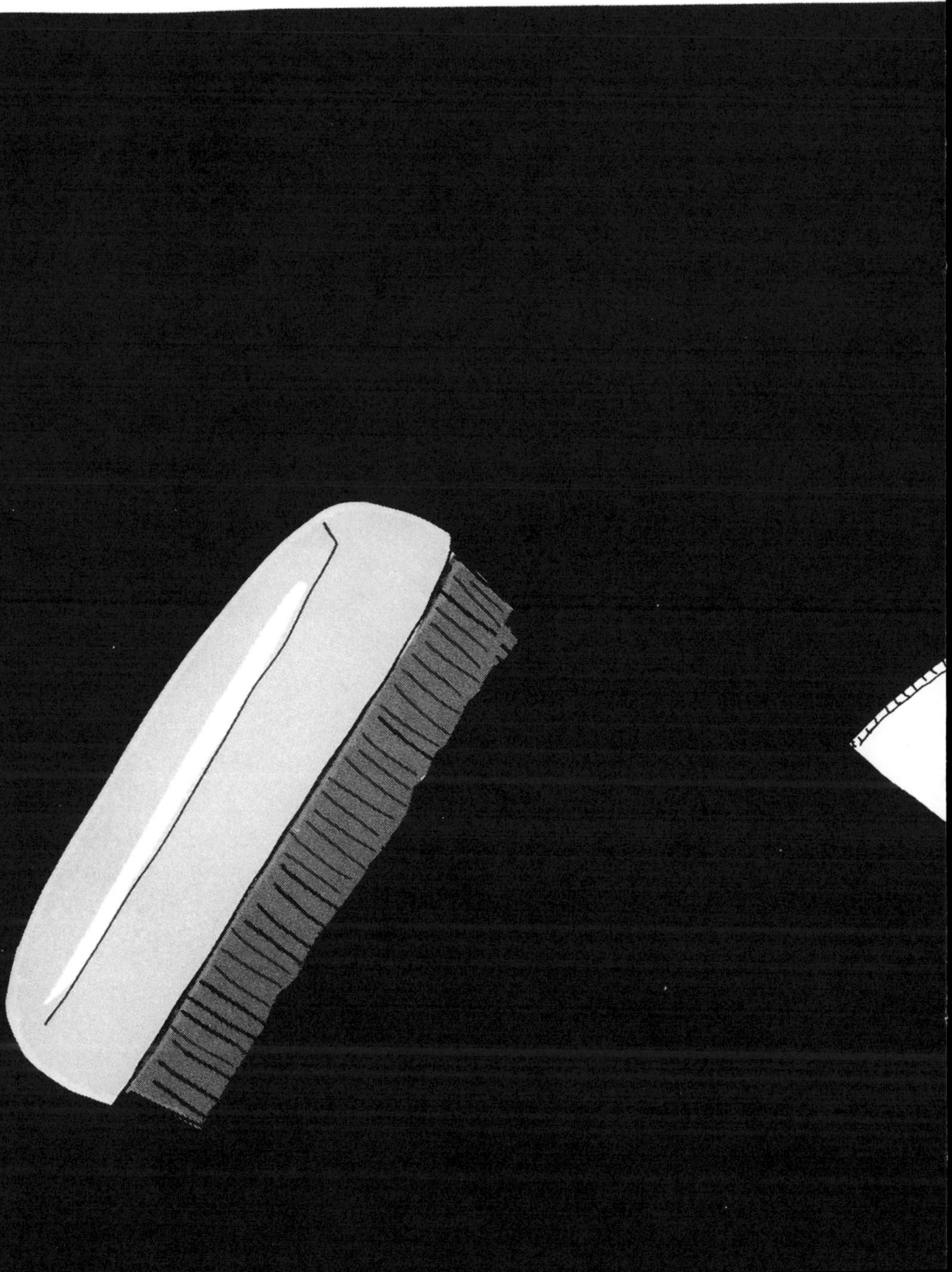

義大利麵工場的祕密

他們把我的書房稱做義大利麵(spaghetti)工場。「他們」指的是羊男和雙胞胎美少女。義大利麵工場這個名稱，並沒有什麼了不起的意義。不過是控制沸水的溫度、撒鹽、設定定時器這種程度的工作而已。

我正在寫稿的時候，羊男啪噠啪噠舞著耳朵跑了過來。

「喂，俺怎麼也無法喜歡這篇文章哪。」

「是嗎？」我說。

「總讓人覺得太傲慢了，這樣不好喔。」

「哼。」我說。我可是辛辛苦苦才寫好的。

「鹽好像放得多了一點耶。」雙胞胎中的208說道。

「重新來過吧。」209說。

「俺也可以幫忙喔。」羊男說道。

不必了。如果讓羊男幫忙的話，最後的下場就是一切都變得亂七八糟。

「妳去拿啤酒來。」我對208說。

然後又對209說：

「妳去削三枝鉛筆。」

在209用水果刀嘎哩嘎哩削著鉛筆的時候，我喝起啤酒。羊男則嚼著乾蠶豆。

三枝削尖的鉛筆準備好之後，我拍拍手將他們三個人都趕出書房。工作，工作。

當我在寫稿子的時候，他們在院子裡手牽手唱著歌。是這樣的歌。

我們的故鄉是Al dente
不會太早，也不會太遲
那也稱為杜蘭．榭莫利那❶的
光輝的黃金之麥
春光從他們的頭上灑下來。該怎麼說呢，真是美妙的風景啊。

---

❶將杜蘭小麥（Durum Wheat，硬質小麥）磨成榭莫利那（Semo Lina）麵粉，通常是碾磨成粗糙狀。

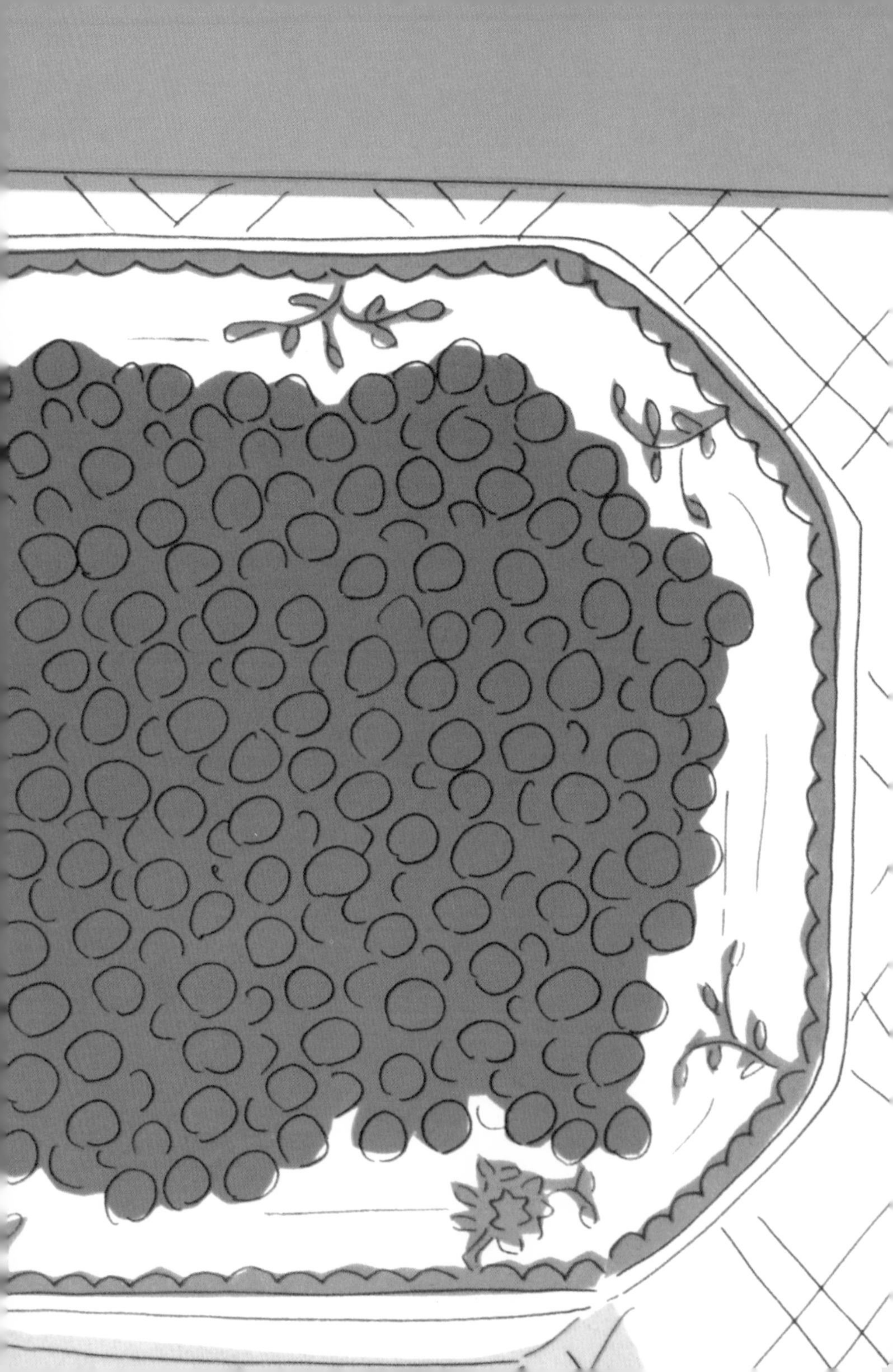

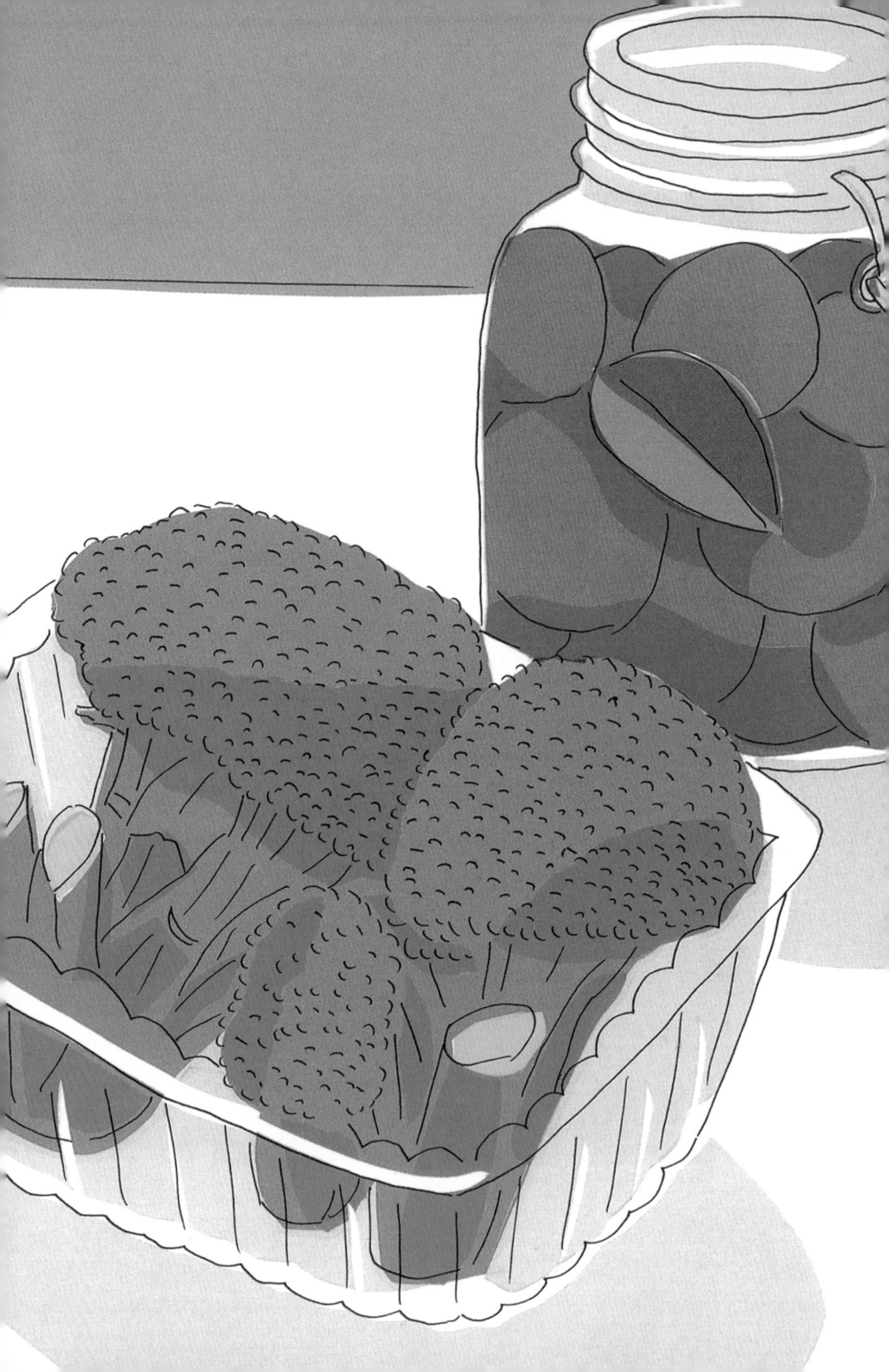

A 10-POINT PLAN FOR REBUILDING THE YANKEES
VOICE

我的名字是劉亞契

羅斯・麥唐諾（Ross Macdonald）去世了。❶

我認爲，羅斯・麥唐諾的辭世，代表著一種趨勢的結束。對作家而言，在死後受到如此的認定，或許可以說是一種動章。但或許正相反也不一定。

說老實話，我覺得羅斯・麥唐諾晚年的作品在日本並沒有獲得多麼高的評價。《地下人》（*The Underground Man*）時期可說是巔峰，但對於其後的多部作品，抱持著「總覺得好像都一樣嘛」這種意見的人卻爲數頗多。手段工具總是顯得單調而質樸，大抵是圍繞著戀母情結（Oedipus Complex）打轉，不但劉亞契偵探（Lew Archer）隨著年齡逐漸顯出老態，又缺少激烈的動作場面，幽默的質與錢德勒（Raymond Chandler）等人相比感覺也比較平淡。基於這些因素，大家的眼光都轉向了遠比羅斯・麥唐諾活力充沛的新冷硬派（Neo Hard-boiled）年輕作家身上。而且，雷蒙・錢德勒這些所謂前輩作家的地位也實在是過於崇高了。

羅斯・麥唐諾的劉亞契作品，每一部我都是徹底喜愛。羅斯・麥唐諾小說的優點，存在於含蓄與認眞之中。當然，缺點也在其中。不過，總結了這一切，我就是喜歡羅斯・麥唐諾的小說。

我有生以來第一次購買的英文平裝小說中，有一本就是這位羅斯・麥唐諾的《My Name Is Archer》短篇集。這是好久以前的事了。當時我才十七歲左右，非常喜歡霍瑞斯・席佛（Horace Silver）的唱片。因此我是一面聽著霍瑞斯・席佛的唱片，一面拚命地讀《My Name Is Archer》。

傑克・史麥特（Jack Smight）所導演的不朽名片《動向飛靶》（*The Moving Target*）也差不多是在那個時期上映，當時這部片子我看了有三、四遍之多。在電影中，劉亞契一角是由保羅・紐曼（Paul Leonard Newman）所飾演。只不過，電影中的名字改成了Lew Harper。爲什麼不用Archer而改成Harper，那是由於因《江湖浪子》（*Hustler*）、《原野鐵漢》（*Hud*）而廣受好評的保羅・紐曼，希望無論如何都能夠以「H——」系列推出的緣故。因此，這部華納影片的片名就成了「HARPER」（《地獄先鋒》或譯《梟巢掃蕩戰》）了。若是不挑剔的話，這件事也沒什麼好在意的，但不論如何，這個時期的保羅・紐曼演技眞的是沒話說。

雖然這部《動向飛靶》的原作也是充滿羅斯・麥唐諾初期辛辣風格的佳作，但是中期的《斑馬條紋靈車》（*The Zebra-Stripped Hearse*）和《蓋爾頓事件》（*The Galton Case*）等作品，我也非常喜愛。不論翻到哪一頁，都充滿了壓抑的筆調，將生活中的苦悶毫不留情地刻劃出來。感覺上，好像每一個出場人物都戴著暗沉的帽子，各自在通往不幸的道路上掙扎著。沒有一個人獲得幸福。但即使是如此，人們還是繼續向前走，而且非這麼做不可，看起來羅斯・麥唐諾似乎一直在這麼吶喊著。

「大家都認爲加州沒有四季的變化，但事實上並非如此。」他在某部小說中這麼寫道。「只是那些粗心的人沒有察覺到那變化而已。」

對於羅斯・麥唐諾的辭世，我衷心致上哀悼之意。

❶羅斯・麥唐諾於一九八三年七月十一日去世。

BRANDY
make sure it's
MARTELL

10 CENT
JANUARY 17, 1944

LIFE

POWELL & MANSON Sts
MUNICIPAL RAILWAY

regular
DUTCH BLEND
SAIL
PIPE TOBACCO
EXTRA MILD CAVENDISH
SWEET AS A NU
THEODORUS NIEMEYER LTD
HOLLAND
NET WEIGHT 7OZ.

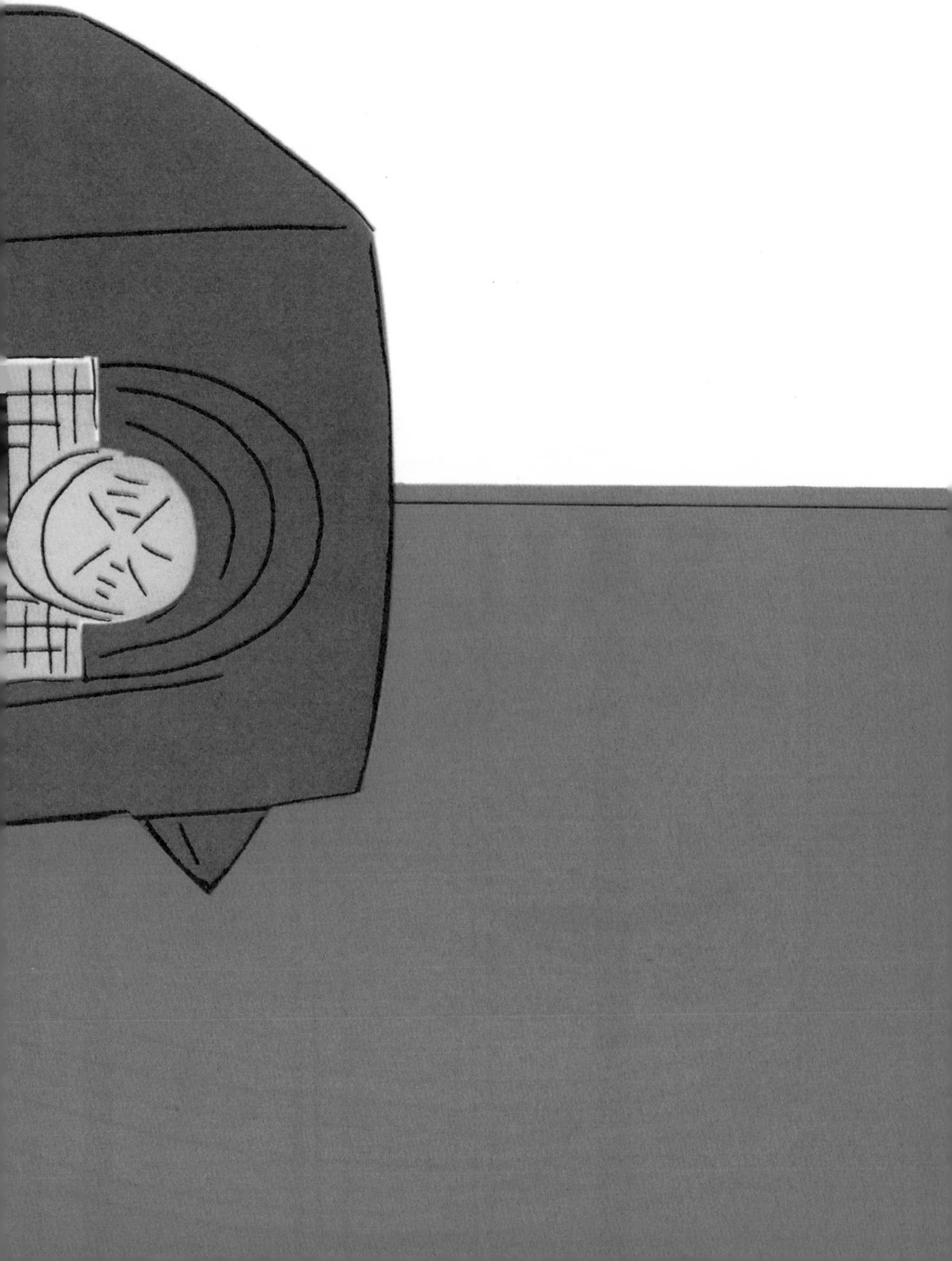

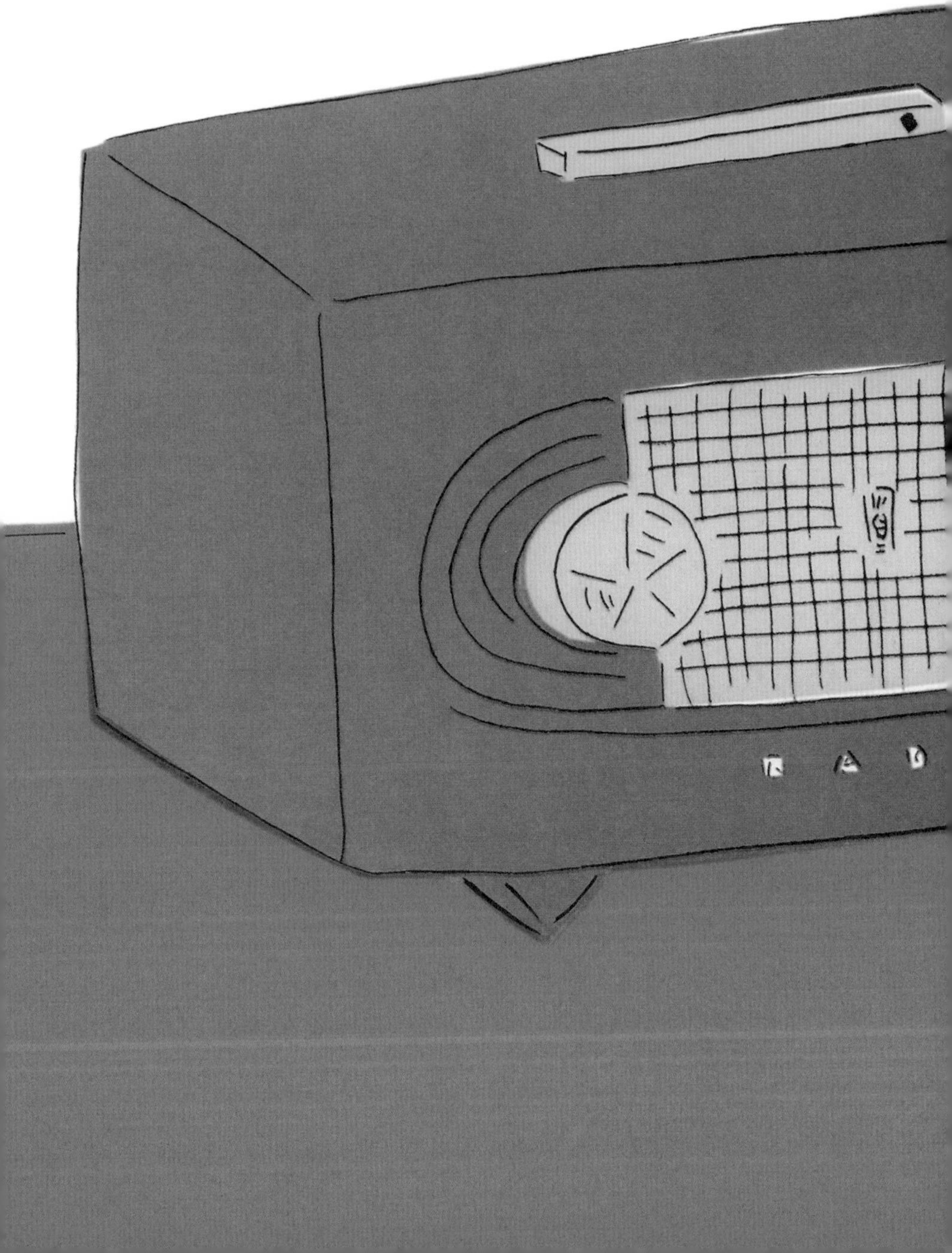
R A D

A DAY in THE LIFE

早上我正在等巴士去上班的時候，一個陌生的大嬸走了過來。你該不會是正要去象工場吧，她問我。是啊，我回答。我是在象工場上班。

大嬸的眼睛骨碌碌地打量著我的臉啦、身材啦、鞋子啦、以及公事包等好一會兒。在這之間我也一直打量著這位大嬸。大嬸的年紀大概是在四十到五十歲之間，穿著打扮還算乾淨俐落。頭上是一頂有帽簷、類似棒球帽的帽子，戴著紅色的塑膠框眼鏡，身著茶色的粗紋洋裝，足登白色網球鞋。

「妳怎麼知道我正要去象工場呢？」我試著詢問這位大嬸。我大約在兩個星期之前才搬到這附近來，根本沒有告訴過任何人我在象工場工作，爲什麼她會知道這件事，令我覺得很不可思議。

「我當然知道囉。」大嬸一臉萬事通的表情說道。

「長期在象工場工作的人，都會散發出一種特有的氣質嘛。」

「有這麼回事啊。」我說。被人家這麼說，並不會令我感到不舒服。在象工場工作，在這個地方根本不是什麼大不了的事。因爲大家都是在象工場工作。

在巴士到來之前，我和大嬸繼續聊了一下象工場的事，又聊了聊選舉。由於我和大嬸的目的地不同，於是我們便互道：「再見」「再會」，然後各自搭上了不同的巴士。大嬸的眼鏡在早晨的陽光下閃閃發光。

一下了巴士，周遭便一如往常，滿是前往象工場的職工。大家的手上都提著裝了飯盒的紙袋。有好些人對我揮揮手或是用眼神打招呼。可是沒有一個人開口。想到接下來直到傍晚爲止，一整天都要不停地製造大象，每個人都會非常緊張，沒有辦法輕鬆說出話來。

我們沿著河邊的柏油路默默地走向工場。這是條平緩的上坡路，路邊四處種著紫薇，正綻放著花朵。到了下個月，就一定會變成瀰漫著金木犀花的芳香。周遭充斥著職工們的腳步聲與飯盒發出的喀噠喀噠聲。

在工場入口，警衛逐一檢查我們的工作證。雖然警衛應該是認得我們所有人的長相才對，但他還是仔細地檢查每一張證件。在象工場，秩序這種東西可是備受重視的。

「你可以進去了。」警衛說著將證件還給了我。「好好加油吧。」他說。

「謝謝。」我說。

接著我便前往更衣室換上制服，並戴上帽子。我的帽子上繡著兩條綠線。那是在這裡服務滿五年的標誌。離開更衣室來到最終工程區，便傳來那些只要裝上牙齒就大功告成的大象拚命喊叫的聲音。

象工場的一天，就在這樣的狀況中展開了。

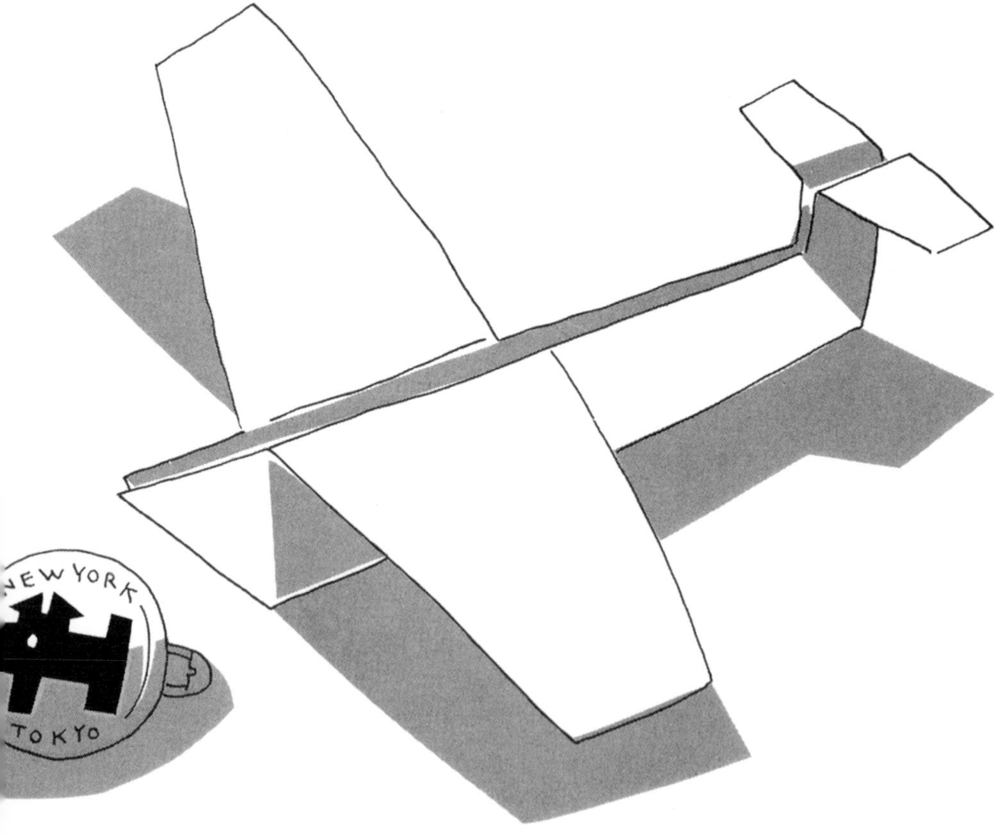
NEW YORK
TOKYO

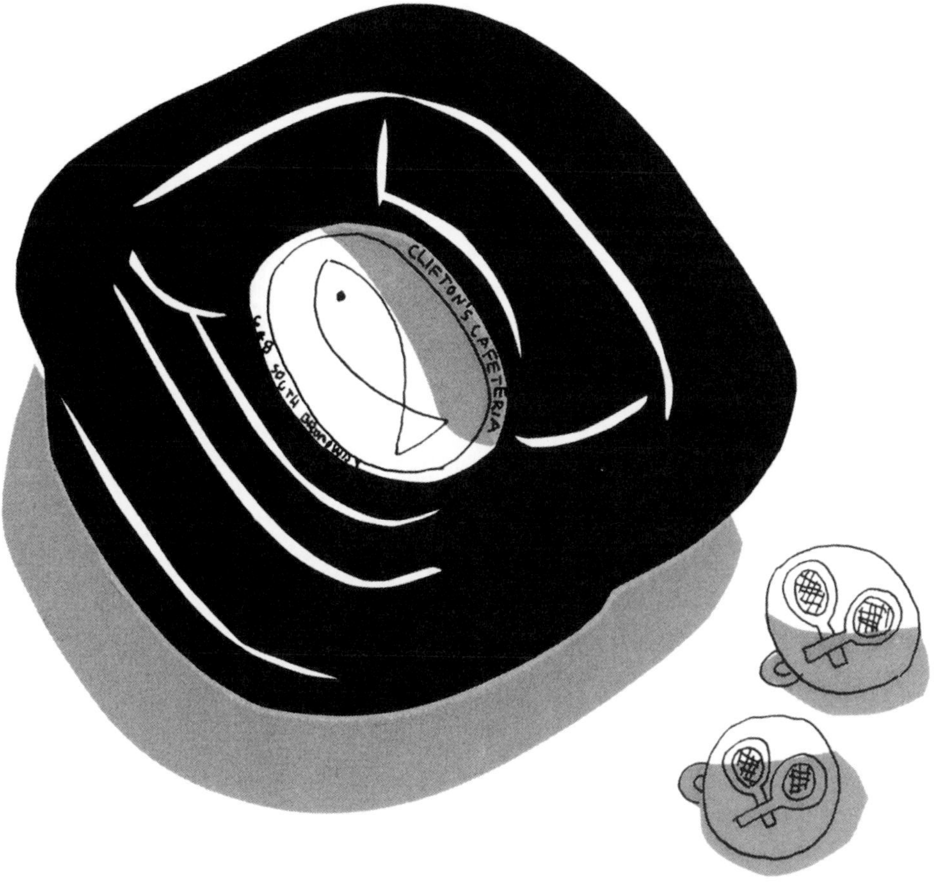
CLIFTON'S CAFETERIA
648 SOUTH

7UP

olive

雙子鎮的雙子節

我一直對雙胞胎非常感興趣。和雙胞胎女孩約會，只要嘗試一次就好，是我多年來的夢想。若是雙臂各摟著一個容貌相同的女孩子，我覺得很多事情應該都會變得非常有趣，但或許不會也不一定。

在美國克利夫蘭市市郊，有個名為雙子鎮（Twinsville）的城鎮。這個鎮的基礎，是一八一二年由摩西（Moses）與亞倫（Aaron）這一對兄弟所打下來的。根據鎮史記載，這兩位是長得非常相像的雙胞胎，娶妻生子的情況雷同，一直住在一起，連去世也是因為感染了相同的疾病，而且死亡時間相隔不過數小時。此鎮就是為了紀念他們兩位而取了這個名字。

爾後，這個雙子鎮便開始每年舉辦雙子節。今年也有來自二十八州的數百位雙胞胎群集在這個鎮上。雖說這個嘉年華會的正式目的是「藉由雙胞胎的聚會，讓雙胞胎特有的問題與感情能夠互相分享交流」，但實際上卻是個大夥兒熱熱鬧鬧遊戲取樂的集會。會中也舉行才藝競賽之類的節目，但大多不過只是二部合唱而已，在此不再贅述。

這個嘉年華會也有許多DOUBLES參加。所謂DOUBLES，是指雙胞胎與雙胞胎婚配的組合。因此，有志成為DOUBLES的雙胞胎們也都會前來與會。換句話說，就是雙胞胎去向雙胞胎搭訕，這似乎非常有意思。應該是事先做過「你負責那一個，這個就交給我吧。」之類的商量，然後便開口打招呼「Hey Girls!」。可是，哪一個要選哪一個，到底是以什麼作為依據來決定的呢？這我可是完全無法想像。但總而言之，感覺上這才是名副其實的DOUBLE DATE（兩對情侶一同約會出遊）。

在這為期兩天的嘉年華會中，小小的雙

子鎮真的可說是被雙胞胎擠得水泄不通。因此，夾雜在嘉年華會中的那些「非雙胞胎族群」，似乎最後都會對於自己不是雙胞胎一事感到非常錯亂。「奇怪，總覺得好像是自己的一半消失不見了。」這就是那些「非雙胞胎族群」的感想。

日前根據報載，有一對向竹筍族❶恐嚇取財的雙胞胎流氓出現。有這種雙胞胎流氓，還真是駭人聽聞。

---

❶ 於原宿街頭跳舞的年輕族群。雙子鎮的相關資料可以至http://www.twinsburg.com查看。

SANDWICH
MRRBU
VIANA
SANDWICH
MRRBU
VIANA

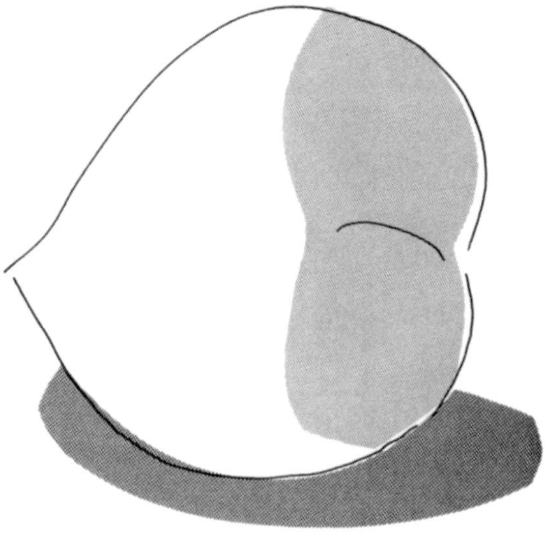

MY SNEAKER STORY

日語中「SNEAKER」（指布面膠底的輕便鞋）這個名稱並不正確。SNEAKER指的是「卑劣的人」。正確的說法應該是SNEAKERS才對。不過這種事就隨他去吧。

SNEAK有「潛行」之意。穿上了球鞋，的確就能夠走起路來無聲無息了。球鞋的發明人，最初想必是受盡了家人和朋友的嫌惡。被抱怨「哎喲，原來是你啊。你這樣鬼鬼祟祟從後面走過來，不是嚇人嘛！」，或是「拜託，你能不能不要再穿那雙新鞋啦？害得我心神不寧，已經打破三個盤子了。」之類的吧。

不過，球鞋的發明人想必是樂在其中。或許故意做出種種惡作劇也說不定。只要試想一下這種情景就覺得相當有趣。

經過仔細的調查後得知，球鞋，是一八七二年由居住在波士頓的馬具匠詹姆士・P・布萊德雷（James P. Bradley）所發明。不過，關於布萊德雷氏的為人並不清楚。也沒有害老婆打破碗盤、被朋友嫌棄之類的記載。相對於愛迪生與萊特兄弟都有詳細的傳記，球鞋的發明人竟受到如此低的評價，我認為實在是太不公平了。

這暫且擱下不提，但布萊德雷氏似乎是相當獨特的一號人物。最初，他發明的是橡膠底馬蹄鐵，卻遭到市府當局處以十三美元的罰鍰。這是因為釘著橡膠底馬蹄鐵的馬兒無聲無息地走在路上，忽然伸出舌頭去舔一名走在前面老婦人脖子的緣故。老婦人嚇暈了過去，布萊德雷氏因此被警察帶走並科以罰金，而橡膠底馬蹄鐵則遭到銷毀的命運。

不過布萊德雷氏並未放棄，仍繼續研究橡膠底馬蹄鐵，最後終於為印第安討伐軍採納作為測試之用。這是一八六八年的事。雖然這是種讓騎兵隊無聲無息由印第安人背後偷襲的玩意兒，但成效並不那麼令人滿意。畢竟面對波士頓老婦人與蘇族戰士，情況還是大不相同。

到了一八七二年，布萊德雷氏實現了「既然馬蹄鐵可以裝上橡膠底，那麼，如果為人穿的鞋子加上橡膠底，應該也不錯吧？」這種岡本太郎式的、哥白尼式的轉換(Copernican Change)。於是「布萊德雷式橡膠底鞋」就誕生了。

「布萊德雷式橡膠底鞋」似乎在不知不覺間就被稱作SNEAKERS了。由被冠上這種充滿了惡意的名稱這一點來看，保守穩健的波士頓市民，似乎對於布萊德雷氏的發明相當不以為然。

物換星移，時至一九八二年。

我非常喜歡球鞋。一年之中有三百五十天過著穿球鞋的生活。不論是甲板鞋、短統鞋或是籃球鞋款式，不論紅色藍色白色，也不論是Converses或是Pro KEDS，各式各樣的球鞋我都有。只要是穿著球鞋走在街上，即使有了些年紀，似乎也會變得沒什麼好害怕的了。

我經常會想，不知道球鞋到底是什麼樣的人發明的。在各種異想天開的想像之後，就編出了前述這個故事。全部都是胡謅的。不好意思。

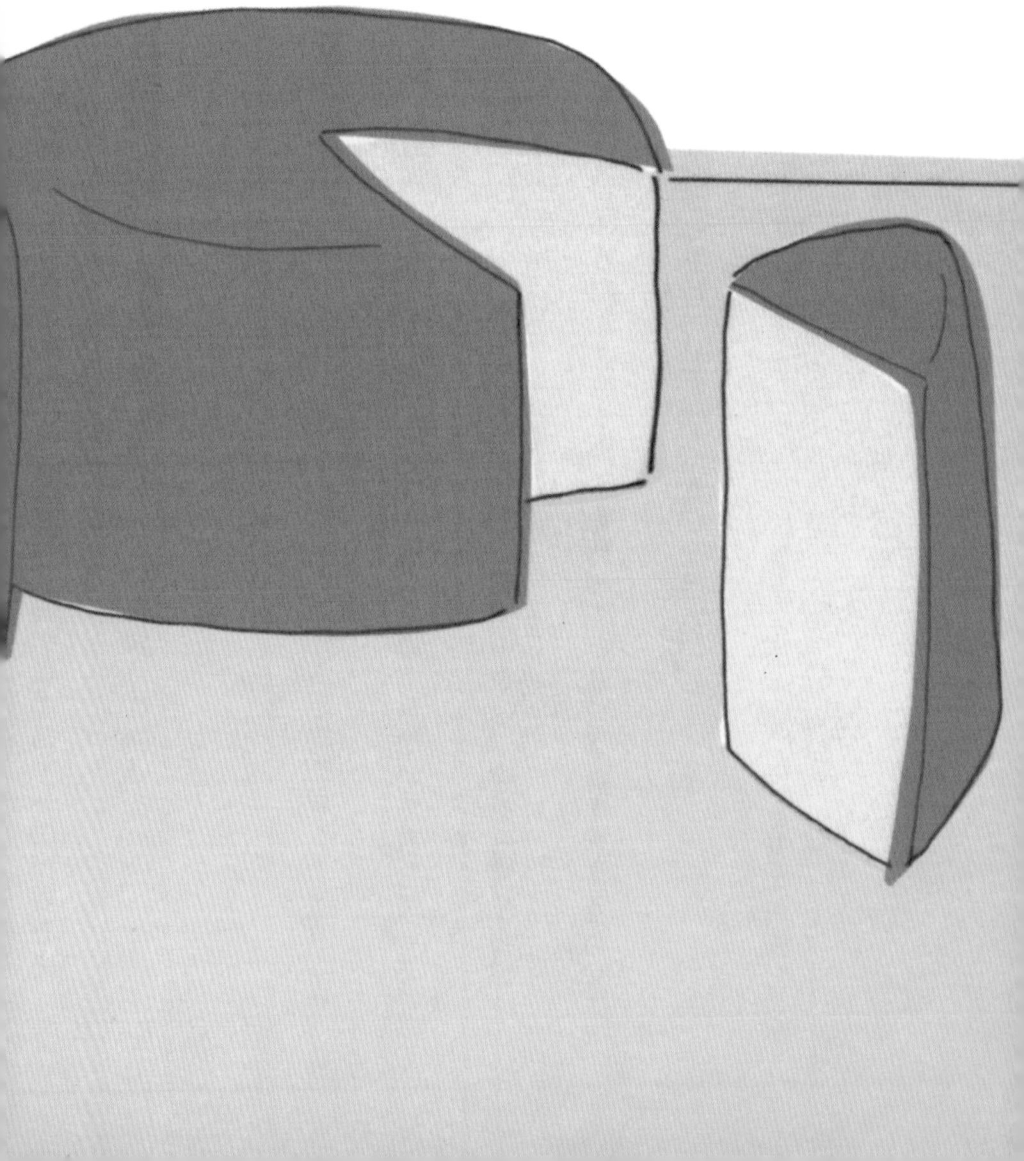

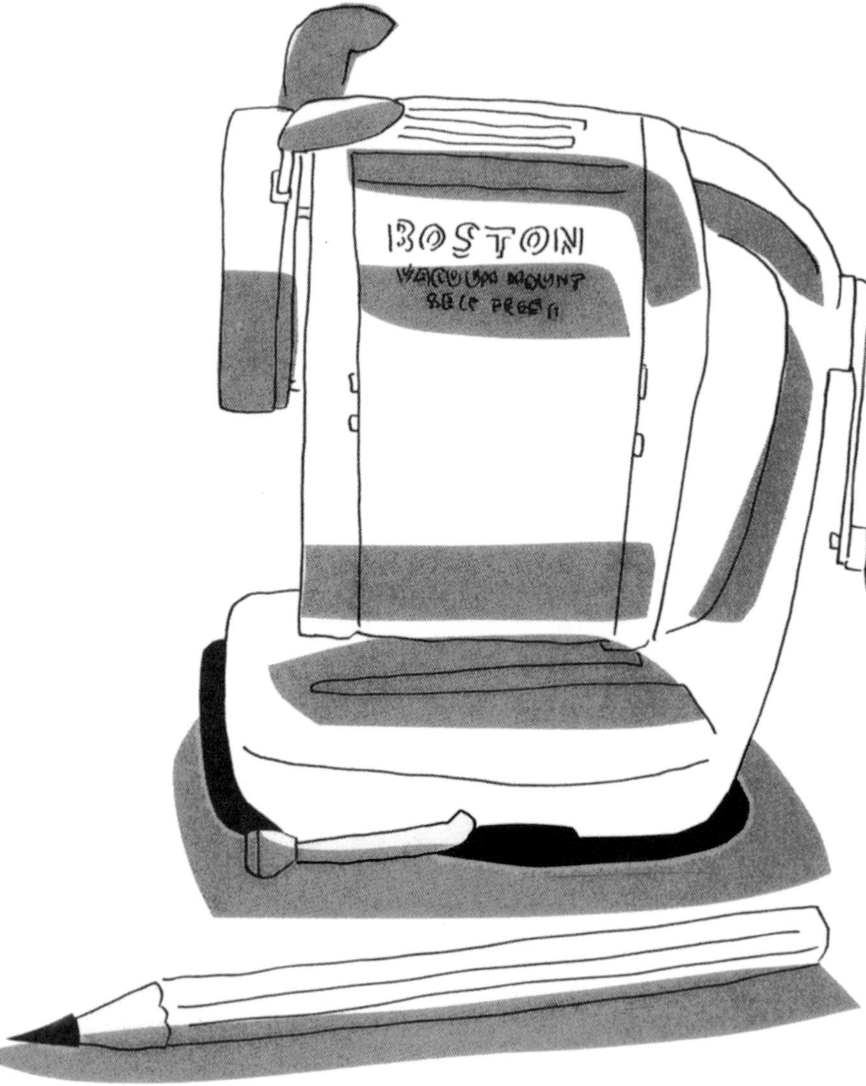
BOSTON

森永ミルクキヤラメル

鏡中的晚霞

我們（所謂的我們，當然是指我和狗兒）照顧孩子們入睡之後走出了小屋。我坐在枕頭旁邊念著《一九六三年度版・造船年鑑》（因爲小屋裡除此之外就沒有其他書了），孩子們沒多久便發出了鼾聲。「總排水量二萬三千六百五十二噸，全高三十七點六三公尺……」念著這種文章，即使是一群大象也都會睡著。

「主人哪。」狗兒說。「去散散步吧。今晚的月色非常美麗。」

「好啊。」我說。

我就是這樣和一隻會說話的狗一同生活。當然，會說話的狗可是難得一見的。和這隻會說話的狗一同生活之前，我是和妻子一同生活。去年春天，在市區廣場開辦了臨時市集，我在那兒以妻子換來了這隻會說話的狗。我和交易對象到底哪一方佔了便宜，我也搞不清楚。雖然我比任何人都要愛我的妻子，不過一隻會說話的狗可比任何東西都要來得珍貴。

我和狗兒沿著河邊走上緩丘，又繼續往前走進了森林裡。時值七月，周遭的蟬聲蛙鳴不絕於耳。由林梢洩下的月光，在小徑上描繪出斑駁的圖樣。走著走著，我憶起了昔日的種種。

「主人哪，你在想些什麼呢？」狗兒問道。

「一些陳年往事。」我回答。「年輕時候的事。」

「都忘掉吧。」狗兒用開朗的聲音說道。「憶起那些往事，只會讓人傷感而已。我眞是搞不懂啊。容易感傷的人，只會變得更加悲慘而已，不是嗎……」

「不要再說了。」我說。然後我們默默地繼續走著。一隻狗是不應該對飼主說這種話的。可能是我太寵這隻狗了。如果再這樣下去的話，明年春天的臨時市集，我就要拿牠去換個什麼別的東西回來了。就算無法將妻子換回來，但或許還可以弄到一隻會彈豎琴的水鹿也不一定。

狗兒似乎看透了我的想法。

「我不是有意要說那種話的。」狗兒辯解著。「你是個非常好的人噢。」

「再往前走一會兒，然後就折回去吧。」我說。「夜晚的森林裡太恐怖了。」

「沒錯。夜晚的森林裡的確是太恐怖了。」狗兒說著沉思了一下子。「在夜晚的森林裡，什麼樣的事情都會發生。比如說鏡中的晚霞啦……」

「鏡中的晚霞？」我嚇了一跳這麼反問。

「是有這麼回事噢。那是個古老的傳說，狗媽媽經常用來嚇唬狗仔們。」

「嗯哼。」我沉吟道。

「怎麼樣，要不要在這裡休息一下？」

「好啊。」

我在樹根上坐下來，點了一根菸。

「如果你保證，明年春天不會把我帶去市集的話。我都已經這把年紀了，可不想再去待在馬戲團裡。」

「我答應你。」我說。

狗兒點點頭，在樹幹上將沾在前腳的泥土擦掉後開始娓娓道來。

「這個故事，附近的每一隻狗都知道。在這個廣大森林中的某處，有個由水晶構成的小圓池，池面就像鏡子一樣光滑。而且，那裡永遠都映著晚霞。不論是早晨、中午，或是晚上，一直都是晚霞。」

「怎麼會有這種事呢？」

「這個嘛……」狗兒聳了聳肩。「想必是水晶這種礦物會以奇妙的方式將時間吸進去吧。就像是不知名的深海魚一樣。」

「那麼，那會很危險嗎？」

「嗯，凡是看到的人，都會很想進去裡面喲。因爲，那畢竟是非常美麗的晚霞嘛。而進去裡面的那些人，就會永遠在那晚霞的世界裡徘徊。」

「那不是很好嗎？」

「就知道你會這麼說。」狗兒說著對我擠擠一隻眼睛。「可是，實際去嘗試之後，就會發現絕大多數的事情都不會像想像的那麼有趣。尤其是這種無法再回頭的情況。」

「可是我很喜歡晚霞啊。」

「我也很喜歡哪。」

我默默地抽了一會兒菸。「那麼，你有沒有眞正……看過那個鏡中的晚霞呢？」

「沒有。」狗兒搖搖頭說。「沒有看過。我只是聽父母親說過而已。而父母又是聽他們的父母說的。所以我不是說過，這是個古老的傳說。」

「難道沒有哪隻狗曾經看過嗎？」

「看過的狗全部都被吸進那晚霞之中啦。」

「我好像明白了。」

「不論人或是狗，想的事情都一樣。」狗兒說。「好了，回去吧。」

我們沿著來時路默默走著。如同海一般的羊齒葉在風中搖動，花香在皎潔的月光下飄浮著。潺潺的流水聲接近後又遠離，夜鳥用像是在摩擦金屬的聲音啼叫著。

「累了嗎？」狗兒問。

「沒問題啦。」我說。「我覺得非常舒服。」

「那就好。」狗兒說。

「不過，」我說。「剛才的那番話眞的可以完全相信嗎？」

「請不要這麼說，爲什麼我要……」

「沒關係，你就老實說吧。」我正色說道。

「你已經知道啦？」

「那當然。」

狗兒不好意思地笑著搔搔腦袋。「不過那是個很有意思的故事吧？」

「還好啦。」我說。

「可是你不能忘記噢。春天臨時市集的事。因爲主人你已經答應我了。」

「我記得啦。」

「因爲我絕對不要再回馬戲團去了。」狗兒說。

在回程的路上，我們什麼也沒有說，默默走回小屋。但無論如何，這都是一個月色非常美麗的夜晚。

POST CARD

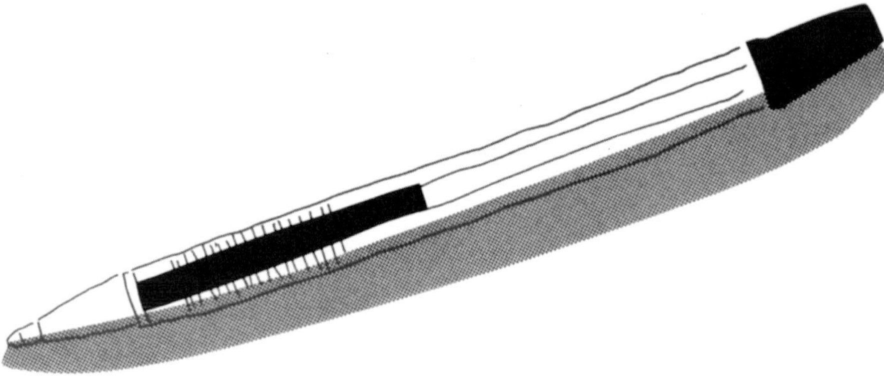

THE PIPE
SAFETY MATCH

SAVOY的爵士熱舞

Otis Ferguson著／村上春樹譯

對搖擺爵士迷說明「SAVOY BALLROOM」是絕對沒有必要的，但是對於那些非樂迷，想要正確傳達這個名稱的意義，卻又十分困難。在爵士樂與民眾短暫蜜月期，一九三〇年代最出色的舞場，「SAVOY」。在廣播錄音唱片與影碟的開頭，應該經常可以聽到這樣的開場白吧。「Ladies and gentlemen, this is SAVOY BALLROOM……」

若是借用作者歐提斯・佛格森的話來說，就是swing it, man.

——村上

地點是上城區，而且是那條獨一無二的雷諾克斯大道（Lenox Avenue），在這裡，你可以盡情跳舞，從週六晚上九點一直跳到週日早上八點。這就是所謂的通宵早餐舞（Breakfast Dance），總之就是盡情搖擺啦。在平常的夜晚，即使是大多數的週六夜晚，情況都並非如此。樂團只有兩組，而節目則在兩、三點就結束了。但今晚不一樣。在這個數週才有一次的特別之夜裡，可以狂歡到早餐爲止。樂團總共準備了有四組之多，簡單說，只要跳得動，就有人繼續爲你們服務。直到早餐爲止喲。超過可就不行了。

但這並不表示這是家沒水準的店。這是個高尚的地方。非低級酒吧，亦非地下賭場。是貨眞價實的舞廳。

進去裡面付了七角五分，走上一段寬廣的樓梯。經理很親切，客人也都很和善。一切都不必擔心。在餐桌區的一端有條長而擠滿人的吧台可以點飲料。啤酒十分錢，由加侖瓶裝爲顧客斟上的加州紅酒每杯二十分錢。客人中也有些傢伙會自行攜帶瓶裝的烈酒進來，但他們遲早會跑進廁所，爲飲酒過量善後。不過這裡有兩間緊鄰在一起的廁所。沒有必要擔心。

到了十二點，你仍然可以順利入場。因爲下雨了。仍有空位的狀況令經理愁眉苦臉。原本人潮應該比「仕女之夜」更多才對，但綿綿的細雨使得這種期望註定是落空了。

廳內的大小約有七十五碼長，二十五碼寬，挑高並不高，照明低垂。在曲子與曲子的數秒間隔中，或是樂團換班的空檔，大廳裡便充斥著嘈雜的人聲。像是「就是嘛」，「馬子還正吧」，「少來了」之類的。可是當樂團進入狀況之後，舞廳與所有的客人便結合成一體，開始像鼓一般躍動，並且如同巨浪般以興奮的節奏上下起伏。

想要一次就看盡所有的東西是不可能的。這裡有樂團。有飲酒作樂的客人；有一手拿著啤酒，趴在桌上陷入半昏睡的傢伙；也有人正在努力發展羅曼史這種極其個人的喜鬧劇。還有下了工的樂手在四處起鬨，或是以愉快而近似喧鬧的方式吃著爲他們準備的晚餐。

「混蛋。」一個體格像是四柱連帳大型臥床的大漢坐在那裡咒罵著。這個大家都叫他「Choo」的男人，也是我們美國誕生的首批中音薩克斯風藝術家之一。「混蛋，怎麼連個肉末也沒瞧見。眞是豈有此理，那個混蛋是怎麼打菜的？」Choo邊說邊戳著菜餚。此時，舞池中已被腳踩舞步、轉身迴旋的客人擠得水泄不通。眞是幅壯觀的場面。盡情跳吧，盡情秀出來吧。每個人都興高采烈，揮汗如雨，渾身是勁。今朝有酒今朝醉，明日愁來明日愁。

該怎麼說呢，這種氣氛並無法以言語來描述。雖然你不能夠一眼就看盡一切，卻可以一下子就感覺到所有的東西。彷彿迸發出的能量都合而爲一，如今正熊熊燃燒著。但不管怎麼說，全場的焦點都要屬樂團所在的舞台附近。由粗糙的木材搭建，但堅固異常的舞台。在那裡，光線和音樂正散發著光彩。低音鼓釘在地板上，低音大提琴固定於插銷上，而那座大鋼琴的鍵盤則被磨得有如老舊的木頭樓梯一樣。

可以容納兩組樂團的舞台長約六十呎，寬度很窄，後面靠著牆。燈光幾乎都集中在這裡，但仍然十分昏暗。後面的牆壁漆成豪華的藍色，在聚光燈的效果下，那裡看起來似乎永遠都橫亙著一層縹緲的雲霧。而於其下演奏的樂團則支配著全場，睥睨眾生。彷彿整個是由鋼鐵與蒸汽組成，有如貨運列車般倨傲。

不論是舞池、餐桌、或是沿著吧台，到處都擠滿了人，有好幾百人吧。在客滿的夜晚，入場的客人可能會多達一千五百～一千六百人。角落的牆壁前站著一排舞女，費用是二十五分錢跳三首曲子。嵌入天花板的玫瑰色燈光下，一切都在沸騰。

不過，全店的心臟地帶，當然還是舞台。樂手排成兩列踏著步，好像連胸口都要撕裂般賣力吹奏著樂器，連地板都爲之震動。蘇沙低音號喇叭口的光芒，宛如月光般照耀著舞客的頭頂。而將那無窮的能量緊緊壓制住的，是持續刻劃出確實拍子的節奏部。吉他、鋼琴、低音大提琴、鼓。接著，Teddy Hill的樂團開始演奏最拿手的曲子《Christopher Colombo》最後樂章。銅管樂器敲擊著空氣，簧樂部則描繪出旋律的線條。這使得舞客們忘記了跳舞，群集過去將舞台重重包圍住，以自己的身體去迎合節奏。大家的腦袋一起往後仰，旋律如同河流般從上面流過。這舞蹈的邀約將眾人都完全擊倒——喂喂，華爾滋算什麼玩意兒啊。地板在震動，全廳宛如一座發電機房。煙霧瀰漫的空氣上下搖動。大家來搖擺吧，來發洩吧，來狂歡吧，不，這麼說好了，來放肆一下吧。這並不是用耳朵聆聽的音樂，而是用身體去感覺的音樂。

這種氣氛並非單純由特定的音樂家所營造出來的，而是已滲入舞廳本體之中。這家店裡就是有某種這樣的東西。或許可以說是一種類似影子的東西吧。這個舞台已經吸收了各式各樣偉大的音樂。Fletcher Headersons的Great swing band，還有神奇的小號手Louis（the

Reverend Satchelmouth）Armstrong、Mr. Ellington（Duke, the Great Dusky）、狂人樂團大師Cab Calloway（他就是在這家店出道的）、McKinney's Cotton Pickers，還有Chocolate Dandies——其他還有誰來著？儘管舉出你喜歡的樂團吧，經理口出豪語。如果能夠找出沒有來過店裡的樂團，就算你了不起。即使是Paul Whiteman都來表演過。是的，這家店的空氣中有著什麼，客人們似乎也都能夠接收到這種什麼。而營造出氣氛的其實就是這個。因此，若是有哪個團體想要將大家團結在一起，緊緊地心連心，只要來這裡就對了。

然而，這裡的氣氛並非只是點火爆炸、發出閃光並震動玻璃窗的衝勁而已。其中包含了相當伶俐的、關懷的，以及極爲細緻的成份。而且，這裡也沒有常見的藝術反戰、反法西斯藝術家戰線的口水論戰。樂手們只管演奏、和女孩子取樂，或是爲Victor公司灌製廣播和跳舞用的唱片而已。而他們之間的談話，通常只是輕聲細語，並且帶著幾分自豪。他們之中的某些人（最厲害的幾個人）彷彿正在燃燒自己。爲了維持自己的強度，並避免腐壞。分辨的方法很簡單。音樂中那種難以捉摸的美，會清楚地將他們凸顯出來。但要從這些人之中尋求Lombardos、Duchins、Vallees、以及Reismans等藝人的影子也只是徒然。即使他們擁有多麼引人注目的才能或是無恥的厚臉皮，其間仍然隔著一條界線。若是一個出色的中音樂手能夠吹奏出強有力而鮮活的樂句，他必然是以自己的肉體作爲樂器，並且能夠將豐沛的感情與悲傷原原本本地表現出來。而那些偏離了這個原則的東西，脫離一直延續下來的、眞正的創作傳統（或許可以說巴哈也是如此吧）的東西，尤其是悖離了爵士樂特有的驅策感的，不論外表有多麼動人、有多巧妙，而且又廣爲客人所接受，但全部都是贗品。由於缺乏創造性之故，全部都是贗品。「有些中音樂手，」Choo再次從舞台下來後說，「抄襲Coleman Hawkins還是什麼人之類的。不過，光這樣是不行的。沒有靈魂嘛。你明白吧？有些傢伙就是搞不懂，他們灌注進去的不是靈魂而是口水。怎麼會這樣，眞是的。我啊，只是盡力以樂器吹奏出美妙的聲音，如此而已。這是我自己所引以爲傲的。

可是其他的傢伙……我眞搞不懂。」

吞吞吐吐，欲言又止的談話告一段落，Choo有些困窘地陷入了沉默。「媽的，那個臭傢伙。」他說，「眞是心情惡劣。如果今天晚上吃到肉的話，我就……」

不過不要緊，這種事沒什麼大不了的。畢竟現在已經是三點、四點，還是五點。沒有人知道正確的時間。趴在餐桌上睡覺的客人不斷增加，而在舞池跳舞的人則越來越少。即使如此，店裡瀰漫的空氣仍然和之前相同，沉滯而帶著暖意。在昏暗燈光下散發著的能量也還是一樣。今晚已經下場收工的Teddy Hill樂團成員們，欣賞了一會兒其他樂團的表演，隨即三三兩兩離開了。接手繼續搖撼全場的樂團，是令人懷念的Chick Webb。這個坐在墊高椅子上的小個子駝背男子，以面前那非常高雅的白色套鼓向樂團敲擊出澎湃而生動的節奏，並衝擊著仍然震動不已的地板。

啊，這裡是哈林區哪。下了樓梯走到外面，音樂只剩下空氣中隱約的震動。夜已既明，早晨的微光讓我知道這裡是哈林區。貧民區。人影也是稀稀落落的。有幾個是才剛從舞廳裡出來的人，待會就要去吃早餐。其他則是沒有進舞廳的人。

「嘿，老兄，抽菸嗎？」沒有進舞廳的人中有一個走過來這麼對我說。腳步輕快，好像如果他高興的話就會買下這一區似的。「可以的話，擋一根來哈一下吧。」他甚至連火柴都沒有。「裡面的情況如何？」他說。

「擠得要命吧？我看要進去都很困難。」

「還好，要進去還不成問題啦。」

「我看是很擠吧。你也進不去舞池吧？」

「嗯，沒什麼啦，還有位子可以坐。」

「這樣啊，我還以爲會擠得要命呢……老實說，」他三兩下就訛到了香菸。「你有沒有多餘的一角錢？如果有的話，老兄，我就可以去弄杯咖啡來喝喝。眞是的，我還以爲裡面大爆滿，根本進不去呢。你知道吧？」

原來如此，我終於明白這話中的含意了。表面上是搭訕，背後隱含的則是羨慕與窮人的自尊。這裡並非他們這種階層能夠輕鬆消費的場所。從我這裡弄到一角錢之後，他便向離開的我揮揮手。那眞是種熱情的揮手方式。有空再來找我喲。這一帶就像是我家的後院一樣，只要報上我的名字就萬事ＯＫ了。我會幫你介紹好女孩喲，好吧？

大清早髒亂的街道上滿是垃圾和報紙，不斷發出沙沙的聲響。他那廉價褲子已磨損的褲腳，彷彿在撥開這一切似的，以輕快的腳步離開。然後消失在小巷子裡。那裡有的只是整排髒兮兮的低收入住家、空店舖，以及廉價公寓。我只覺得自己愈來愈疑惑了。那個通宵早餐舞到底算什麼呢？是從何處而來，又會在何處消失呢？映入眼簾的，是襤褸的哈林街區。一切都被吸乾了的美國黑人貧民窟。站在空蕩蕩的街頭，只能隱隱約約聽到Chick Webb的鼓聲。即使如此，在這個地方聽到爵士樂，不知爲什麼，那強烈的節拍竟勾起我心底另一種完全不同的情緒。那是一直存在於音樂之中，並且一直是眼睛看不到的東西。沒錯，那便是構成藍調（Blues）的元素。這條「我今天早上起床之後，便帶著皮鞋去典當」獨一無二的雷諾克斯大道所擁有的，是盡興的放肆。燈火通明，人們喧鬧著。正是如此。但這只是銅板的一個面而已。產生出那種音樂的，是生活在這哈林街上人們的心。站在這裡，就會立刻感受到這一切。感受著那高音調與低音調。感受著那份放肆與深深的悲傷。

The New Republic, Feb.12,1936

Café
7th AVE 11th STREET
NEW YORK N.Y.

PICASSO

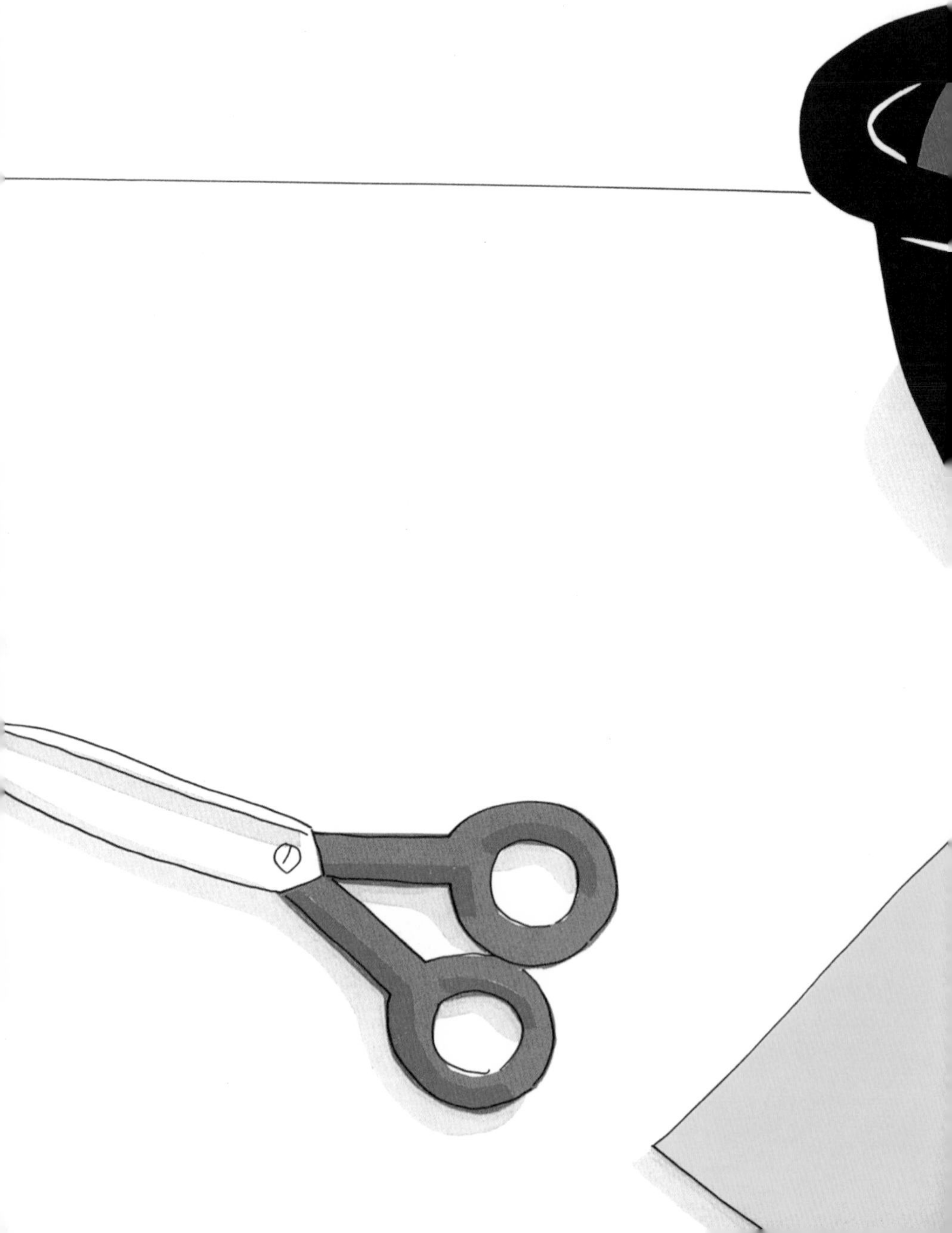

卷末對談

畫家與作家的HAPPY END

安西水丸·村上春樹

首次合作

村上 怎麼好像總是談一些和繪畫無關的話題。

安西 嗯，好像是喔。

村上 以前曾在雜誌上談過一次，但並不是很深入，對吧？

安西 沒錯。

村上 和水丸兄合作，從很早就開始了喲。第一次是文化出版局一份名爲《TODAY》的雜誌。

安西 嗯。就是那篇收入本書中的〈鏡中的晚霞〉。

村上 就是有狗兒出來的那篇，那是……

安西 首度的合作。

村上　在那之前見過一次面，還一起去喝酒。

安西　是村上兄自己的店，在千駄谷。

村上　後來，我就拜託你設計書的封面。之前還做過什麼嗎？

安西　之前嘛……還有雜誌的插圖什麼的吧，我也記不太清楚了。

村上　《打工情報》（連載《村上朝日堂》）是在那之後吧？

安西　嗯，沒錯。在那之前，第一次合作的書是那本《開往中國的慢船》。

村上　當時，說到封面設計，首屈一指的便是和田誠先生與山藤章二先生。但由於我是新人，不便委託他們，再說門檻也太高了。於是，長篇小說等於是硬塞給了佐佐木MAKI兄。因爲我從他在《GARO》時期開始就一直是他的迷。那時候，MAKI兄可是很少接封面設計工作的。

安西　老實說，我原本還在猜那個裝訂（註：裝幀，包括尺寸、封面、襯頁、蝴蝶頁等等的選材和設計）是誰設計的。那個圖好像有點眼熟，但卻又認不出來。我覺得佐佐木MAKI兄也採用了和平常不太一樣的風格，但這樣的感覺反而更好。

村上　去找MAKI兄畫封面，這件事本身就有點不太尋常。因爲他是專門畫漫畫和繪本的人。

安西　委託MAKI兄設計裝訂，想想還眞了不起。

Miller

村上　很有勇氣吧（笑）。

安西　我也這麼覺得（笑）。

村上　我就是這樣，好說歹說硬是請他接下來。可是成品很棒，不但我自己很喜歡，評價也不錯。不過，因爲短篇集與長篇是截然不同的東西，我想找風格迥異的人來做。於是就想到水丸兄。談到水丸兄的畫作，當時還像是《中產階級之友》（嵐山光三郎著）那種的……

安西　漫畫風格。

村上　是類似那種感覺，但我覺得相當新鮮，所以才找你……那眞的很不錯。

安西　那個時候，我深怕自己的表現方式會顯得怪里怪氣的。於是便試著將畫裡的線條去掉。有點類似剪畫的感覺。

村上　沒錯沒錯。剪畫、貼畫，在那個時代好像還不太流行是吧？

安西　嗯。幾乎沒有人試過。所以，可能有很多人不會想到那個裝訂是我設計的吧。

村上　剛開始應該認不出來是水丸兄的作品吧。

長篇的圖與短篇的圖

安西　村上兄的作品，尤其是短篇集，我覺得並不太適合以圖畫帶給人強烈的印象。

比如說，最好是不要畫些人啦、臉啊之類的。盡量不要表現出自我，但其實在無形中又會展現出來。那樣應該才是上策。總之，後來編輯打電話來，表示村上先生相當喜歡，我這才鬆了一口氣。

村上 有很多人表示，要爲我的書作畫並不容易。

安西 如果單純只是繪圖的話當然是滿簡單的，但你的作品卻有種令人輕忽不得的感覺。

村上 我託人設計封面時，多少會期待能夠有與眾不同的成品。可是我實在是不擅長一開始就預見結果，譬如說明白表示想要哪種風格，然後就以這種風格去發展之類的。委託水丸兄時的情形也是如此，希望能出現比較不同的東西。

安西 這該怎麼說呢，總之就是拋掉平常自己繪畫中最具有特色的風格啊，另一方面多少也感覺到對佐佐木MAKI兄有些顧慮（笑）。顏色和切割的形狀，當然都是憑自己的感情決定的，但因爲呈現出和平常不同的風格，我覺得那樣很不錯。

村上 水丸兄的直覺很敏銳。對於對方想要什麼、怎麼樣著手比較好這些事情，都能夠清楚地解讀狀況並掌握氣氛。所以，總是可以讓人放心託付工作。

安西 在廣告公司受過員工訓練之後，自然就學會這一套了（笑）。

村上 眞是了不起啊（笑）。

安西 不過，我認爲自己大致可以了解對方的想法。所以只要村上兄稍微提一下，我大概就可以知道你要的是什麼樣的感覺，然後再加上一些我自己的東西，這樣通常就可以做出滿意的作品。像是《螢火蟲》那本書，當村上兄表示「想用文字表現」時，我就想：啊，我也正想嘗試那種方式。

村上 我好像意見比較多哦。比如說那次就希望只用文字來設計。

安西 被指定做什麼，有一些人會感覺受到限制而不自在，但村上兄的情況似乎並不會這樣。因爲一開始就說得很清楚，之後就再也沒意見了。後來，可能是我們比較投緣吧，讓我可以完全自由發揮。

村上 MAKI兄的畫和水丸兄的畫，或許是意識形態的差別，有一些呈現對比的部份。MAKI兄的畫，怎麼說呢，是一種將空間規定住的畫。水丸兄的畫則是一種「引導式」的。長篇委託MAKI兄而短篇交給水丸兄，雖然這並不是指定分配，但要互換並不容易。長篇的作品，耗費一年左右的精力去寫作，完成之後，似乎還蕩漾著那種能量的餘波。將那種東西帶到MAKI兄那兒去，他那個人也有那種能量，我覺得他似乎可以完全抓住我的感受。而水丸兄這邊嘛，則是在完成幾個短篇後交給他，不必特別說什麼，就可以把作品畫出來。那個時候，就會產生一種各項事物都彙整在一起的感覺。所以，小品就大多託給水丸兄。我覺得你給我能夠將這些化爲一個整體的感覺。書的封面就是像這個樣子。

文字與茶杯

村上　《螢火蟲》那本書，我一開始就打算只用文字來設計。不過，後來的感覺有點像戰後新潮社的書似的……（笑）。

安西　是啊是啊（笑）。

村上　我比較喜歡那種略帶古風的味道。昭和三十年代的書，有很多是這樣的，不是嗎？

安西　單行本大多如此。

村上　像是深澤七郎先生的《楢山節考》啦。

安西　像是鈴木信太郎先生的書的裝訂啦。

村上　那也挺有意思的。

安西　嗯。《螢火蟲》那一次，是新潮社打電話告訴我書名，我隨手就在書桌上寫下來，然後便先貼著，心想到時候再來好好寫。隨著截稿日逐漸逼近，雖然我試過各式各樣的寫法，卻還是當初隨手寫的那個好。結果，最後就是採用了接電話時寫下的那個。就我的工作性質來說，講這種話似乎不太好（笑）。

村上　賺錢挺容易的嘛（笑）。

安西　可是我眞的寫了不少噢。寫了好幾十張，但還是那個最好。

村上　眞的啊（笑）。不過，經過的時間越久，就越覺得那個封面好。那個封面，如果用在文庫本上也很棒噢。縮小尺寸之後，又會呈現和單行本不一樣的味道，我覺得會成爲一個很棒的封面。

安西　當你說只要文字時，雖然我的字很醜，可是眞的好想試試看。

村上　那些字寫得眞好。我很喜歡……後來又合作了什麼？是《村上朝日堂》吧，那是很日本式的。

安西　嗯，那個茶杯。我非常喜歡茶杯和茶壺的造型。尤其是茶壺，不論從哪個角度看都有特定的形狀。其中有種日本式的美感。

村上　那張茶杯的畫，後來被我留下了噢。

安西　因爲我總覺得，《村上朝日堂》這個名字和茶杯挺配的，就這麼去嘗試了。有點像是老字號的和果子屋似的……

村上　那個書名配上那幅畫，讓有些人搞不清楚那是本什麼樣的書（笑）。

安西　眞不知道他們想像成什麼樣的書（笑）。

村上　《開往中國的慢船》、《螢火蟲》……

安西　《村上朝日堂》，然後是……

村上　然後是《逆襲》。

安西　《逆襲》嘛，我一開始就打算用《印第安那瓊斯》式的風格來設計。

村上　沒錯。取了《村上朝日堂的逆襲》這個名字，我就覺得只能那樣設計。也就是走史匹柏路線。

安西　當編輯表示，在鞭子的位置放上書名的話會顯得很雜亂，要求將鞭子換成手槍時，我眞是傷透了腦筋（笑）。

村上　是很傷腦筋哪。若是不用鞭子的話，就一點意義也沒有了嘛（笑）。

安西　就變成西部片了（笑）。

村上　不過，那幅畫我也很喜歡，所以拿了原稿打算用來當裝飾品。

隔扇畫事件・貓的襲擊

村上　說到原畫，倒是還有一件隔扇（註：雙面糊上紙或布的拉門）畫事件。

安西　隔扇畫事件啊（笑）。

村上　嗯，上次我建房子，裡面隔了和室，想請水丸兄幫忙畫掛軸和隔扇，於是準備了全白的隔扇請他來。聽到我的請託，他便要我拿水桶裝好水以及報紙來。報紙是要鋪在地板上以免弄髒榻榻米，水桶則是用來洗筆的。然後便要我關上門，讓他一個人工作，於是我就照辦。可是過了三十分鐘，什麼動靜也沒有。我有點擔心，但進去一看，他竟然在看報紙，就是鋪在地板上的舊報紙（笑）。完全沒有動筆。這就是隔扇畫事件的全貌（笑）。

安西　不是的啦，因爲那是我第一次畫隔扇。可是，村上兄老早就提過，而我也答應了。但是實際一下筆，可就不容許失敗，我心想這下慘了。不過，只要大筆一揮，三兩下就解決了，這種想法也不是沒有過（笑）。總之，原本我還裝模作樣的，問他要用麼樣的紙。結果村上兄眞的將紙送過來了（笑）。

村上　沒錯，我還送了紙樣過去（笑）。

安西　這下壓力愈來愈大了（笑）。於是，我就在家裡先隨筆試畫看看。一下筆，發現這種紙還眞不錯，畫起來好順。

村上　那是很好的紙噢。爲了畫隔扇特地選的。

安西　不但紙好、容易畫，去他家一看，和室也相當正點。而且正要動筆的時候，又開始打雷、下冰霰的，天氣出現了戲劇性的變化，運氣可眞好（笑）。在那種情形下畫就已經夠不好意思的了，更何況有人在旁邊看。村上兄也很善解人意，拿報紙來之後，就留我一個人下來。可是，我覺得畫得太快似乎也不太好，張望了一下，剛好發現報紙上有職棒中日龍隊三連勝的報導，就看了起來（笑）……那個是你先看過才拿來的吧。

村上　沒錯。

安西　因爲日期都很接近，我就找了找一直接著看下去。正看得津津有味時，沒想到就被撞見了（笑）。

村上　開始的時候他還說，自己就像夕鶴（註：木下順二的戲曲作品，一九四九年首演。以佐渡島的故事《仙鶴報恩》爲藍本改編而成）一樣是拔掉了羽毛來作畫，有人看著就沒辦法畫了。過去一看，果然不出所料是在看報紙，什麼也沒做（笑）。然後，只花了五分鐘就全部畫好了。用那麼五分鐘就大功告成，眞是了不起。因爲隔扇可是有四面哪。這不知道該說是氣魄還是偷懶（笑）。

安西　這個嘛，是我夠專注……（笑）。我覺得藉著看報紙來放鬆心情非常有效（笑）。

村上　眞的啊（笑）。

安西　只是沒花什麼時間罷了……

村上　只用了五分鐘（笑）。

安西　卻流了一堆汗，像是跑了十公里一樣。

村上　我可沒看到喲，那些汗。

安西　因爲被我藏起來了。

村上　要是讓我看到的話，可能還比較有話說（笑）。

11
SHELL
Shell
PRO
11
STOCK

安西 那種感覺眞不錯。

村上 說到這裡，後來還發生了貓的襲擊事件。水丸兄很怕貓狗喔。

安西 爲了監視我的行動，村上兄還派出暹邏貓……

村上 這叫做「放貓」（笑）。（註：村上譯有John Irving的作品《放熊》*Setting Free the Bears*）

安西 「放貓」喔（笑）。哎，當時呼叫村上兄的聲音，連我自己都覺得不好意思。那簡直和慘叫沒有兩樣。

村上 我還以爲他被熊攻擊了，沒想到只是貓在撒嬌（笑）。

安西 不過隔扇還畫得相當好。雖然不會讓我想要經常畫，但嘗試一次的感覺滿不錯的。

村上 掛軸畫的是蘋果和香蕉。其實應該是太陽和月亮，結果被我說成是蘋果和香蕉，也說得通（笑）。

安西 那是在工作室畫的。我可是畫了很多張，才從中挑最滿意的作品噢。

村上 不過那眞的很棒。上次我們兩個人一起去洗溫泉，那兒的房間裡有個掛軸，和那幅畫的線條非常神似。我記得那是個有名畫家，活到八十幾歲開悟之後的畫作（笑）。境界幾乎一模一樣喔。才四十多歲就開悟，不太好吧（笑）。

安西 那是個圓，好像是個太陽吧。不過，用黑黑的墨汁一畫，卻相當完美。

村上　以前在文藝復興時代，有個知名畫家被貴族找去，結果畫了個圓就回去了，但據說看過的人都認爲那是個完美的圓。

安西　正圓哪。

村上　嗯，水丸兄也達到那種境界了。

安西　也許只要畫圓就好了（笑）。

村上　水丸的丸（圓），說不定會一舉成名（笑）。

《象工場的HAPPY END》

村上　《象工場的HAPPY END》，插圖和文章完全是獨立的。

安西　曾經有人問我要不要出繪本，可是我對於出自己的「畫集」並不感興趣。不過，我覺得或許可以找個人合作，打電話給村上兄一提，他就答應了。

村上　我也是，曾有人問我要不要出散文集，但我都因爲不好意思而婉拒了。一方面，我覺得寫小說才是本業；另一方面，許多作家的散文集都給我一種「珠玉隨筆」的感覺。所以我覺得不妥。不過，若是有人合作的話就沒問題了（笑）。

安西　這我完全可以體會。我也是認爲自己不過是個插畫家，聽到要我出「畫集」這種話就覺得心虛。這本書的作業我們幾乎都是各自進行。

村上　有兩、三篇是新作品。例如〈CUTTY SARK本身的廣告〉和〈A DAY in THE LIFE〉。啊，還有〈我的名字是劉亞契〉這篇也是。還有幾篇是寫好卻沒有地方發表的稿子，也都收錄進來了。

安西　CUTTY SARK的圖，是我自己事先就畫好了的。

村上　眞的嗎？

安西　因爲我以前就很想畫CUTTY SARK。這純屬巧合。

村上　原來有這麼回事啊。

安西　那時候，有《象工場的HAPPY END》和《象工場的MERRY CHRISTMAS》兩個候選的書名。是村上兄想的。可是我覺得《MERRY CHRISTMAS》只限於十二月，不如用「HAPPY END」比較好。

村上　是啊。而且之前又已經有了《戰場的MERRY CHRISTMAS》（MERRY CHRISTMAS, Mr. Lawrence，國內譯爲《俘虜》）（笑）。

安西　將「象」和「工」換成「戰」的話，就變成《戰場的MERRY CHRISTMAS》了（笑）。不過，這裡面沒有一幅是我讀過村上兄的文章之後才畫的。

村上　可是卻意外地契合噢。
安西　眞是不可思議啊。
村上　這麼看來，這眞是一本不可思議的書。
安西　或許是本相當罕見的書。

（昭和六十一年九月）

藍小說 924

象工場的 HAPPY END

作　者—村上春樹、安西水丸
譯　者—張致斌
編　輯—李慧敏
美術編輯—林堯涵、劉燕溥
校　對—張致斌、季子
董事長—趙政岷
出版者—時報文化出版企業股份有限公司
108019台北市和平西路三段二四〇號四樓
發行專線—（〇二）二三〇六—六八四二
讀者服務專線—〇八〇〇—二三一—七〇五
（〇二）二三〇四—七一〇三
讀者服務傳真—（〇二）二三〇四—六八五八
郵撥—一九三四四七二四　時報文化出版公司
信箱—10899台北華江橋郵局第九九信箱
時報悅讀網—http://www.readingtimes.com.tw
法律顧問—理律法律事務所　陳長文律師、李念祖律師
印　刷—金漾印刷股份有限公司
初版一刷—二〇〇〇年四月二十四日
初版三刷—二〇二〇年九月十五日
定　價—新臺幣一六〇元
⊙行政院新聞局局版北市業字第八〇號

象工場的Happy End／村上春樹．安西水丸著；張致斌譯. -- 初版. -- 臺北市：時報文化, 2000〔民89〕
面；　公分 .--（藍小說：AI0924）

ISBN 957-13-3122-8（平裝）
ISBN 978-957-13-3122-5（平裝）

861.6　　89004751

ISBN 957-13-3122-8
ISBN 978-957-13-3122-5
Printed in Taiwan